KB196419

어느새, 이만큼

어느새,
이만큼

초판 1쇄 인쇄_ 2025년 02월 10일 | **초판 1쇄 발행_** 2025년 02월 15일
지은이_ 권다정 권단아 김나경 김아라 김현진 박도현 우대한 우예은 이정민 임소연 황윤서
엮은이_ 권려원 | **펴낸이_** 진성옥 외 1인 | **펴낸곳_** 꿈과희망
디자인·편집_ 윤영화
주소_ 서울시 용산구 한강대로 76길 11-12 5층 501호
전화_ 02)2681-2832 | **팩스_** 02)943-0935 | **출판등록_** 제2016-000036호
E-mail_ jinsungok@empas.com
ISBN_979-11-6186-168-5 43810
※ 책 값은 뒤표지에 있습니다.
※ 새론북스는 도서출판 꿈과희망의 계열사입니다.
ⓒPrinted in Korea. | ※ 잘못된 책은 바꾸어 드립니다.

2025 대구광역시교육청 책쓰기 프로젝트

어느새,
이만큼

권다정 권단아 김나경 김아라
김현진 박도현 우대한 우예은
이정민 임소연 황윤서 지음
권려원 엮음

꿈과희망

글로 시작하는 여정

　중학교 1학년 학생들이 7주간의 글쓰기 여정을 통해 만들어
낸 소중한 작품들을 모아 한 권의 책으로 엮었습니다.

　학생들은 글쓰기를 통해 자신을 표현하고, 진지하게 성찰하
며, 자신의 이야기를 스스로 만들어갔습니다. 글을 쓰며 자신
의 이야기를 꺼내고, 이를 자신만의 언어로 표현하려는 진솔한
시도들이 담겨 있습니다.

　때로는 자신의 삶과 진로를 연결해 보기도 하고
　때로는 타인의 꿈과 열정으로부터 자신의 삶을 성찰해 보기

도 하고

　때로는 휴대폰으부터의 자유를 상상해 보며

　때로는 갈등의 순간을 찬찬히 바라보기도 하고

　때로는 문학작품이나 글쓰기가 자신에게 주는 가치를 느껴
보며

　이를 글로 표현하기 위해 노력했습니다.

　이 책에 실린 글 안에는 학생들의 진솔함과 노력, 열정, 그리
고 작은 성장이 담겨 있습니다. 우리 학생들이 걸어간 글쓰기
여정을 여러분도 따뜻한 시선으로 따라가 주시기를 바랍니다.

권려원

차례

도현이의
글모음

박도현

작가 소개

박도현

동촌중학교 학생.
막막하기만 했던 글쓰기에 마음을
열며 글쓰기의 매력에 빠지게 된다.
나무처럼 굵은 뿌리를 내려
성장하고 싶다.

우리집 도라에몽

우리 가족은 필요한 물건이 있으면 모두 나에게 찾아온다. 방문이 하루에도 수십 번씩 열리고 닫히는 것 같다.

방문이 열린다.

"나 화이트 좀."

오빠다. 넓은 아량으로 화이트를 빌려주니 방문이 닫힌다.

끼-익, 닫힌 방문이 또, 다시 열렸다.

"테이프 좀."

이번엔 엄마다. 나도 할 일이 많아 바쁘지만, 기꺼이 학용품을 보관한 상자에서 테이프를 꺼낸다. 엄마가 나가고 대화 소리가 들렸다.

"아빠, 나 공책이 없어."

"그래? 네 동생한테 가 봐."

없던 고혈압이 생길 것 같다.

나는 우리집 도라에몽이다. 가족들은 자신에게 없는 물건이 당연히 나에겐 있을 줄 안다. 내가 도라에몽이었다면 진작에 어디로든 문을 타고 사라졌을 것이다.

나 자신을 이기는 생각

발레 무용수는 몇 분 동안의 공연을 위해 하루도 빠짐없이 같은 동작을 반복하며 자신과의 싸움을 이어간다. 아름답게만 보이던 무용수는 발의 못생김을 노력의 징표라 여기며 뿌듯함을 느낀다. 무대 위에서 미소를 유지하여 아름답게 움직이는 무용수의 모습은 피나는 노력의 결과이다.

문득 미술 선생님의 말씀이 떠올랐다.

"너의 기준을 학급에 두면 발전하지 못해."

선생님께서 나는 지금까지 기준을 주변 친구들에 두고 있어 더 이상 노력하는 모습이 보이지 않는다고 말씀하셨다.

가슴에 대못이 박힌 것 같았다. 화가 나기도 했지만, 좌절감이 쓰나미처럼 몰려왔다. 편한 길만 걷고 싶었던 나를 내가 가장 잘 알고 있었기 때문이다. 나는 지금까지 내 주변 친구들 위에 있을 생각만 하였지, 나 자신을 이길 생각을 하지 못하였다. 스스로가 너무 답답해서 이후엔 평소의 두 배로 노력하였다. 그리하여 대못 같았던 선생님의 말씀이 점차 삶의 디딤돌이 되었다.

진정한 성공은 남들과의 경쟁이 아니라 나와의 경쟁으로 나오는 것이다. 항상 쉬운 길만을 택한다면 우리는 진정한 성공을 이룰 수 없다. 빈 그릇이 가장 요란한 소리를 낸다. 나는 요란한 빈 그릇에 불과했다.

누가 주체인가?

친구들과 대화 중에도 자꾸 휴대폰을 꺼낸다. 언제부터 나와의 사이가 끊을 수 없을 만큼 가까워진 걸까? 어렸을 땐 휴대폰 없이도 항상 재밌었는데. 휴대폰으로 공부하고, 전화하고, 여가 활동까지, 일상을 휴대폰과 함께 보내는 떼려야 뗄 수 없는 사이가 되었다. 일주일 동안 휴대폰이 사라진다면 나 살 순 있으려나?

휴대폰이 고장나서 휴대폰 없이 시간을 보낸 적이 있었다. 휴대폰이 없으면 삶이 불편해질 것만 같았는데 오히려 빈 시간도 유용하게 활용하고 좋았다. 휴대폰을 사용하면서 오히려 사람들과의 대화도 줄어들고 내 시력도 나빠지고 있었다. 휴대폰은 내 삶에 꼭 필요한 존재인 줄 알았는데 오히려 악영향을 끼친 것 같다. 하지만 휴대폰으로 공부도 해야 하고 친구들과 연락도 해야 하는 걸…. 이미 휴대폰은 편지를 전달해 주는 우체부처럼 중요한 정보를 전달해 주고 있었다.

　휴대폰은 삶을 편하고 재밌게 채워 주지만 때론 족쇄처럼 나를 붙잡아 옴짝달싹 못 하게 한다. 이젠 내가 주체가 될 차례이다.

오래 버티기

영상 속 레슬링 선수들은 악을 쓰며 지옥 같은 훈련을 하고 있었다. 목표를 위해 열정과 의지만으로 훈련을 악으로, 깡으로 버텨내는 선수들은 짐승 같았다. 자신의 목표를 향해 나아가는 선수들의 눈물과 땀이 무엇보다 값져 보였다.

멀리뛰기 선수는 1초도 채 되지 않는 시간에 기술을 사용해야 한다. 1초도 안 되는 시간 속, 매번 다르게 나오는 숫자로 매겨지는 결과를 생각하니 좋은 성과가 나오지 않는다면 선수는 허탈할지도 모르겠다. 그럼에도 선수들은 꿈을 향해 달린다.

불리한 신체 조건을 극복하기 위해 하루도 빠짐없이 계속 훈련하며 경기 한 판, 한 판에 최선을 다하는 선수들. 선수들의 열기와 의지는 훈련뿐만 아니라 그들의 삶 속에도 이미 물들어 있었다. 항상 좋은 결과가 나올 수 없다는 사실을 그 누구보다 잘 아는 선수들은 그럼에도 좋은 결과를 바라보고 있다. 좌절해도 곧바로 일어나 훈련하는 것이 습관이 된 것처럼 선수들은 세상이 망해도 곧바로 일어날 것 같았다.

하키 선수들은 상처가 없으면 운동을 하지 않은 것이라고 한다. 자신의 실력에 실망할지라도 이를 보완하여 더 발전하려는 선수들의 모습은 오뚝이 같았다. 잠깐 흔들릴 때도 있지만 결국 중심을 찾는 오뚝이. 꿈을 위한 열정으로 가득 찬 선수들의 모습을 보니 기말고사를 준비하며 매일 적어도 6시간 동안 공부한 내 모습이 머릿속을 스쳐 지나갔다. 그 당시의 노력 덕분에 나는 좋은 성적을 받을 수 있었다.

노력이 있다면 불가능한 것은 없다. 지금의 내가 있는 것도 이전의 노력이 있었기 때문이다. 노력은 배신하지 않는다.

삶의 해결책

김동식 작가의 『회색 인간』이라는 책을 읽어보았다. 현대 사회를 비판하는 담은 책이었다. 내가 살아가고 있는 사회이지만, 몰랐던 사회의 압박으로 인해 자신의 색을 잃어가는 사람들의 이야기로 타인에 대한 무관심과 인간성에 점차 무감각해지는 현대 사회의 고달픔을 책을 통해 알게 되었다. 또한 '나의 색은 회색빛인가?'에 대해 계속 생각해 보았다. 책을 읽은 후 처음으로 제대로 생각이란 걸 해보게 된 것이다.

삶 속에서 고난과 시련은 빠질 수 없는 존재이다. 성장의 밑거름이 되어주는 그것들은 마치 별똥별처럼 나타났다가 사라져 버린다. 그러곤 그것들과의 재회가 반복된다. 그런 삶 속에서 책은 나의 해결책이다.

주인공은 고난과 시련을 접하고 스스로 해결한다. 나는 주인공을 지켜보기만 하면 되고 글쓴이가 쓴 주인공의 심정을 읽어 본다. 이렇기에 책은 나의 안식처이다. 내가 편안히 읽으면 문제는 알아서 해결되기 때문이다.

수학 문제를 풀면서 아무리 생각해 보아도 정말 모르는 문제가 있으면 답안지를 찾아본다. 답안지 속 해설, 그것이 나의 소설이다. 소설은 내 삶의 문제들을 해결해 준다. 나에게 교훈을 주고 생각해 볼 기회를 제공한다. 책을 통해 나는 성장한다.

어릴 땐 주변 어른들이 '책', '책' 이야기하는 게 이해가 되지 않았다. 구불구불한 글자들은 글인지 그림인지 헷갈릴 정도로 거부감이 들었다. 하지만 책은 읽으면 읽을수록 내 마음속에서 새싹을 트고 나무로 자라나고 있었다. 튼튼한 나무가 된 새싹은 나에게 그림자뿐만 아니라 생각하는 법과 표현하는 법을 가르쳐주었다. 점점 책은 삶의 해결책이 된 것이다.

소감

　처음에는 글의 시작조차 구성하지 못하였다. 나의 마음을 글로 표현하는 것이 어려웠고 어색했다. 그렇지만 '수업이니까.'라는 생각으로 글쓰기를 시작했다. 친구들의 적극적인 글쓰기 모습을 보며 욕심이 생겨 글쓰기에 관한 책을 빌리는 열정적인 나의 모습도 보았다. 수업을 통해 글쓰기와 가까워질 수 있었고 논술 수행평가에도 자신감이 생겼다. 무엇보다 같은 주제지만 다른 부분을 바라본 친구들의 글을 읽을 때면 글쓰기의 매력에 더욱 빠져들었다. 인상 깊은 글을 쓰고 싶어 평소엔 쓰지 않던 오글거린 말을 담아본 기억도 떠오른다.

　'글쓰기'라는 단어는 듣는 순간 부담으로 다가온다. 잘 써야 한다는 막연한 부담감 때문이었다. 지금도 쉽

지는 않다. 하지만 글을 쓰려고 노력해 보았으니 마음
의 부담을 덜면 어려운 일만은 아닌 것 같다.

현진이의
글모음

김현진

김현진

이 글을 쓰고 있는 나는 뚜벅이다.
나는 글쓰기든 공부든 성큼성큼 뛰면서
앞으로 나가지 못하고 한 걸음씩 조심히
내딛는 뚜벅이다. 계단도 늘 하나씩
오르는 뚜벅이. '차근차근', '꾸준히'가
내 삶의 모토이다. 마음이 급해 속도를
올리려 할 때면, '네가 잘 할 수 있는
방식대로 하자. 침착해'라며
나에게 말해 준다. 나는 내 느린 속도로
끝까지 해내려 노력한다. 때로는 노력보다
운이 따르는 날도 있다. 하지만 나는
그 운 뒤에 숨겨진 노력이 있다고 믿는다.

이 영화 봐야 할까?

오랜만에 친구와 영화를 보러 갔다. 우리는 각자 원하는 장르가 달랐기 때문에 서로 보고 싶은 영화도 달랐다. 나는 애니메이션을 보고 싶어 했고, 친구는 흥미진진한 액션물을 보고 싶어 했다.

"이게 더 평점이 좋아."

"이 영화 엄청 재밌다고 했어!!"

우리는 서로 이거 보자 저거 보자면서 싸웠다.

"오늘은 액션물을 보고 싶지 않아. 다음에 보자!"

내가 다시 설득했지만, 친구 또한 보고 싶었던 영화라며 간절히 보기를 원했다. 이렇게 서로 보고 싶은 영화가 확고했기 때문에 설득하다가 지쳐서 쉬고 있었다.

문득 '나 지금 왜 싸우고 있지?', '친구랑 오랜만에 만나서 영

화 보러 왔는데 왜 이러고 있지?' 하는 생각이 들었다 그리고
이 시간을 싸우면서 흘려보내고 싶지 않다는 생각도 들었다.

"그래! 네 말대로 그 영화도 재밌을 것 같아! 그걸로 보자!!"

영화 취향이 서로 다른데 영화가 과연 재미있을까? 친구가
보고 싶어 하는 영화로 결정하면서도 약간의 고민이 되었지만,
친구의 선택을 존중하고 싶었다. 그 영화를 보고 나니 생각보다
흥미로웠고 재미있었다. 다 보고 나서도 인상 깊은 내용도 기
억에 많이 남아서 좋았다. 나는 액션물 같은 장르는 당연히 안
보고 넘겼기 때문에 액션물이 이런 내용인지 처음 알게 되어서
새로운 경험이었다. 그날 이후부터는 다른 영화 장르도 거리낌
없이 볼 수 있는 계기가 되었다.

미루는 것은?

초등학교 4학년 방학 때의 일이다. 방학이 시작되고 너무 기쁜 마음에 방학 숙제가 많았음에도 하지 않고 놀기만 했다. 그렇게 계속 놀고, 먹다가 정신을 차려 보니 개학이 3, 4일 정도 남아 있었다.

'나는 하루 남았을 때도 완벽하게 다 끝낼 수 있어!!'

'천천히 해도 상관없어!!'

시간은 흘러 흘러 빠르게 지나갔고 마침내 개학하기 하루 전이 되었다.

'이따가 해야지'

잠시 후에는

'흠…, 저녁에 해야겠다!'

저녁이 되고 나서야 숙제를 하기 위해 공책을 펼친 순간,

"아! 뭐야!"

탄식이 저절로 터져 나왔다. 이 숙제는 하루하루 꾸준히 해야
하는 것이었다! 그 공책은 하루라도 안 하고 빼먹으면 양이 많
고 적을 게 많아서 아주 귀찮은 숙제였다. 이것이 숙제로 나올
줄은 꿈에도 생각하지 못했다. 너무 하기 싫었지만, 이 숙제를
다 끝내지 못하면 선생님께 혼이 날 것 같아서 무서웠기 때문
에 최대한 열심히 하였다. 몇 장 하지 않았는데도 시간이 많이
지났고, 너무 졸려서 스르륵 잠이 들어버렸다.

숙제를 너무 덜 해서 선생님께 혼이 날까 봐 개학날 아침까
지도 남은 숙제를 했다. 숙제를 계속 해도 안 줄어드는 느낌이
났다. 나는 결국 숙제를 다 끝내지 못하고 그렇게 숙제를 덜 한
채로 학교에 갔다. 수업 시간 내내 선생님이 숙제 얘기를 꺼낼
까 봐 긴장되고 조마조마하고 무서운 마음뿐이었다. 마지막 교
시까지도 선생님이 숙제 이야기를 안 꺼내셔서 '아휴. 다행이
다. 집에 가서 바로 숙제해야겠다.'라고 생각하자마자, 선생님
께서는 흐뭇한 표정을 짓고 박수를 치며 "얘들아, 숙제 내자."
라고 하셨다. 가장 착하셨던 선생님이 그때만큼은 정말로 무서
워 보였고 선생님의 말과 행동이 느려 보이기까지 했다. 그 말
을 들은 친구들은 우루루 다 나가서 숙제를 냈다. 친구들이 다
들어가고 선생님이 공책 수를 세었다. 선생님께서 말씀하셨다.

"오늘 숙제 한 명 안 냈는데 누구니?"

조용하던 반이 시끌벅적해지며 나에게 시선이 모두 집중되었다. 식은땀이 나기 시작했다.

"아! 저 숙제 다 끝냈는데 깜빡하고 놔두고 와 버렸어요. 죄송해요."

거짓말이 나쁜 것이라고 알고 있었음에도 거짓말을 해버리고 말았다.

옛날 일이었지만 아직까지도 기억나는 일 중의 하나이다.

핸드폰 말고 친구?

나는 핸드폰을 심심하거나 할 일이 없거나 자투리 시간이 남으면 사용하는 편이다. 핸드폰 앱 중에는 인스타나 유튜브를 가장 많이 쓴다. 자기 전에도 아침에도 핸드폰을 사용한다.

4학년 때 친구의 집에서 일주일 동안 잔 적이 있었다. 나랑 친구는 문득 핸드폰만 보고 있는 우리의 모습을 보고 일주일 동안 핸드폰 안 보고 살기로 내기를 했다. 만약 핸드폰을 보고 있는 모습을 걸리게 된다면 이긴 사람의 소원을 들어주기로 했다.

처음에는 저절로 핸드폰에 손이 가서 그냥 포기할까 싶었다. 특히 시작한 첫째 날이 가장 힘들었던 것 같다. 너무 지루하고 시간이 너무 느리게 흘러갔던 것 같다. 하지만 시간이 좀 지나니까 자동으로 핸드폰에 손이 가질 않았고 다른 놀이가 뭐가 있을까 생각했다.

우리는 서로가 좋아하는 것, 싫어하는 것, 잘 하는 것 등을 주제로 대화를 했다. 친구랑 대화를 하며 시간을 보내니까 시간도 빨리 갔고 친구에 대해 몰랐던 사실을 알게 되었다. 그 친구는 내가 아는 것보다 더욱 착하고 재밌고 남을 배려해 주는 것을 좋아하는 친구였다. 서로 고민을 털어놓고 말할 수 있어 속이 시원했고 기분이 좋았다. 핸드폰 없이 친구와 말하는 데에 더 집중하니까 친밀감이 더 높아진 것 같았다.

그때를 다시 생각해 보니, 핸드폰을 안 보고 지내서 그 친구와의 사이가 더욱 돈독해진 것 같고, 핸드폰 없이 잘 지낸 것 같아서 뿌듯했다. 자투리 시간이 남거나 할 게 없어도 무작정 핸드폰에 손을 두지 않고 다른 것들을 찾는 재미도 얻은 거 같아서 기분이 좋았다!

노력으로 증명한 사람들

국가 대표 훈련 영상 시작 부분을 볼 때는 약간 궁금할 뿐이었다.

'우아, 신기하다! 국가대표 선수들은 어떻게 훈련하는 걸까?'

영상을 계속 보니까 선수들은 두 손만으로 밧줄을 오르지를 않나, 아령을 들고 왔다 갔다 흔들지를 않나, 땀범벅이 되었는데도 힘들다고 말하지도 않고 오히려 더 연습에 매진하는 것이었다. 그런 선수들의 모습을 보고 무척 놀랐다. 선수들은 자신의 꿈과 목표를 이루기 위해 이렇게까지 연습하고 있던 것이었다. 비록 영상일지라도 선수들의 의지를 느낄 수 있는 시간이 되었다. 훈련 과정과 결전의 날이 무섭고 힘들었을 텐데도 계속 도전하는 선수들의 모습이 인상 깊었다.

그리고 내 모습을 다시 반성하게 되었다. 내가 원하고, 하고 싶은 일에 대해 다시 한번 생각해 보았다. 지금껏 나는 내가 하고 싶은 일이 힘들거나 어려울 때는 쉽게 포기하고 남의 눈치만 봤다. 하지만 국가대표 선수들은 자신이 원하는 모습이 나오지 않아도 오히려 포기하지 않고 더 열심히 훈련하고 있었다.

'나는 이렇게 살아도 되는 걸까?'

'남 눈치를 안 보고 포기도 안 했더라면 지금 나의 삶은 어떻게 바뀌었을까?'

내 안에서 의구심이 올라왔다. 나는 예전부터 다양한 진로에 관심이 많았다. 하지만 말로만 계속 '해보자.', '할 수 있어.' 할 뿐 시도를 하지 않았던 것 같다.

하지만 어느 순간 용기를 내서 이것 저것을 해본 결과는 내 생각과는 아주 달랐다. 친구들 앞에서 자신 있게 대답하고 발표하기, 열심히 설명하기 등 계속 시도하는 나의 모습에 친구들은 진심으로 응원을 해주었고 다른 사람들도 나의 용기를 대견하게 바라봐 주었다. 남 눈치만 본 날보다 내가 하고 싶은 것과 원하는 것을 해내는 날이 더욱더 행복하다는 것을 그때 알았다. 그리고 그렇게 용기를 낸 스스로가 뿌듯하였다.

앞으로 나는 내가 원하는 일과 하고 싶은 일을 할 때는 포기하지 않고, 계속해서 부딪쳐 보고 그 시도가 실패하더라도 다시 한번 일어날 것이다. 그리고 당당하게 앞으로 나아갈 것이다.

아주 작고 작은 새싹

내 친구들한테 글쓰기를 좋아하냐고 물으면 친구들 거의 다 글쓰기를 싫어한다고 한다. 나 역시 처음 글쓰기를 할 때는 하기 싫고 너무 귀찮다는 생각이 들었다. 처음 글쓰기를 할 때는 A4용지를 꽉 채워야 하는 부담감이 많이 쌓였다.

자유학기제를 시작하기 전에는 '매체로 보는 세상'은 토론하는 수업인 줄로만 알았다. 자유학기제가 시작되고 글쓰기를 하는데 하기 싫고, 내가 이걸 왜 해야 하는지 이해되지 않았다. 그래서 글쓰기를 할 때 생각, 진실함, 묘사, 대화를 잘 쓰지 않았다.

그러다 글을 어떻게 써야 하는지, 묘사와 비유를 알고 난 후 글을 쓸 때는 그 내용을 명심하면서 글을 쓰게 되었다. 글쓰기를 꾸준히 하니까 점점 더 발전하는 내가 느껴져서 느낌이 새로웠다.

글을 꾸준히 쓴 덕분에 글쓰기에 대한 부정적인 생각은 안 하게 되었고 오히려 긍정적인 생각이 들었다. 앞에서 말한 것과 같이 글을 쓰면 떨리고 잘해야 한다는 부담감이 컸지만, 이번 주제월 시간을 통해 자신감이 생긴 것 같아서 뿌듯했다. 지금 까지 귀찮아서 쓰지 않았던 내가 주제월 덕분에 글을 많이 쓰게 되었다. 주제월 첫날보다 지금은 글쓰기 실력이 늘어난 것 같아서 뿌듯하다.

나의 글쓰기는 아직 좀 많이 부족하다. 그렇지만 어느덧 나에게 글쓰기는 조금 조금씩 고쳐나갈 수 있는 아주 작고 작은 새싹이 되었다.

소감

　처음 시작할 땐 어떻게 해야 잘 할 수 있을까를 생각했지만, 지금은 다르다. 결과보다 노력하고 실패하는 과정이 더 중요하다는 것을 안다.

　누구나 처음부터 완벽할 수는 없다. 누구든 실수하고 좌절하는 것이 필요하다.

　글쓰기는 어렵고 힘들었지만 나는 포기하지 않았다. 그 과정을 통해 나의 글쓰기 실력이 늘고 내가 한층 더 성장된 거 같아서 뿌듯하다.

　어렵고 힘들어도 포기하지 않고 도전하는 내가 자랑스럽고 자신감이 생겼다. 나는 작은 새싹처럼 언제나 밝게 성장할 것이다.

나경이의 글모음

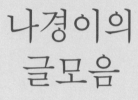

김나경

작가 소개

김나경

웹툰 작가를 꿈꾸고 있는
동촌중학교 학생이다.
글 쓰는 것과 그림 그리는 걸
좋아한다.
왜냐하면 머릿속으로 상상한 것을
손으로 척척 표현하고 있으면 기분이
편안해지기 때문이다.

탕수육은 맛있으면 그만

부모님과 오랜만에 중국집에 갔다. 짜장면 두 그릇과 짬뽕 한 그릇, 탕수육 하나를 시키고 나서 얼마 지나지 않아 탕수육이 나왔다. 그런데 갑자기 아버지께서 탕수육 소스를 부어버렸다.

"아빠는 왜 물어보지도 않고 탕수육 소스를 부어버리고 그래?"

나는 내 의사를 물어보지도 않고 탕수육 소스를 부어버린 아버지께 화를 냈다.

"탕수육은 부어 먹는 게 제맛이지. 원래 탕수육은 부어 먹는 음식이야."

"아니, 부어도 되냐고 물어봐야지. 탕수육을 소스에 찍어 먹고 싶은 사람도 있을 수 있잖아."

"아, 그래도 한 번 먹어봐. 먹어 보고 다시 말해."

나는 마지못해 아버지께서 주신 탕수육을 한입 먹었다.

'어, 왜 맛있지?'

소스를 부은 탕수육도 의외로 맛있었다. 맛있어서 좀 당황했다. 소스에 찍어 먹지 않아도 되니까 편했고 일반 탕수육과 별다른 차이도 없었다.

"맛있지?"

"아빠, 이게 왜 맛있지?"

"그래도 다음부터는 아빠도 물어보고 부을게, 미안."

"괜찮아, 아빠. 앞으로는 부어서 먹자."

아버지께 다짜고짜 화부터 냈던 내 자신이 살짝 부끄러워졌다.

탕수육은 맛있으면 그만인 것 같다.

공부를 미루는 것

내 인생에서 버려야 할 습관은 할 일을 미루는 것이다. 중간 고사 때 시험공부를 미루고 미뤄서 일주일밖에 남지 않았을 때 '어차피 1학년 성적은 상관없겠지.' 하면서 대충대충 공부했었다. 그런데 시험 당일 생각보다 잘 쳤다.

'어? 뭐야? 중학교 시험 쉽네.'

다만 시험 과목이 사회와 과학이었다는 것을 나는 잊지 말았어야 했다. 이튿날에 중요 과목 시험을 다 망치고 집에 가는 길에, 나는 다짐했다.

'기말고사는 절대 미루지 말아야지. 한 달 전부터 열심히 공부해서 기필코 중간고사의 점수를 기말고사 점수로 회복하고 말 테야.'

그렇게 시간은 흘러 기말고사까지 일주일 남은 상황이었다.

지금이라도 정신을 차린 게 다행이라고 생각하며 마음을 다잡고 공부를 하려 했다. 기말고사 당일, 열심히 공부한 효과가 있었는지 꽤 잘 맞혔다. 공부한 정도만큼 점수를 받았다.

허겁지겁 공부할 때보다 조금 더 여유를 가지고 했을 때 조금 더 높은 점수를 받을 수 있었던 까닭은 무엇일까? 그 이유는 아마 내 마음이 중간고사 때보다 조금 더 편안했기 때문일 것이다. 다음에도 미루지 않을 것이라는 보장은 할 수 없지만, 공부하는 하나의 방법을 더 알게 되어 뿌듯하다.

휴대폰을 잡고 있으면

휴대폰은 우리에게 많은 정보를 준다. 휴대폰으로 뉴스 기사도 볼 수 있고, 요즈음 유행하는 것이 무엇인지 알 수도 있다. 나는 주로 휴대폰으로 유튜브를 보거나 그림을 그리고, 카톡으로 대화를 한다. 시간 가는 줄 모르고 휴대폰을 하다가 엄마께 꾸중을 듣기도 했다.

한번은 기말고사 즈음에 2주 동안 오로지 공부에만 집중하려고 부모님께 휴대폰을 맡겼다. 그러나 휴대폰 생각 때문에 시험공부에 집중이 안 되어서 결국 문제도 몇 개 못 풀고 부모님께 다시 달라고 했던 적이 있다. 도대체 시험 기간에는 휴대폰으로 하는 모바일 게임들이 왜 그렇게 재미있는지 모르겠다. 평소엔 잘 하지 않던 게임도 갑자기 재미있어지고, 보기 귀찮아서 미루던 웹툰들도 보고 싶어지고. 참 이상하다. 시험이 끝나면 다시 귀찮아지지만, 그때의 스릴감은 무엇과도 바꿀 수 없을 것만 같다. 물론 그 덕분에 일주일 남기고 급하게 벼락치기를 해야 했지만 말이다.

그래도 지금은 휴대폰 없이 하는 취미들이 생겼다. 6개월 동안 일렉 기타도 열심히 연습하고, 심심할 때 다이소에서 샀던 컬러링 북도 다시 시작했다. 누군가 나에게 다시 2주 동안 휴대폰 없이 생활하라고 한다면 할 수 있을 것 같다.

휴대폰에 의지하면서 생활했을 때보다 나에게 의지하면서 생활했을 때가 더 행복했던 것 같다. 그렇다고 해서 휴대폰이 무조건 나쁘다는 것은 아니지만 휴대폰을 어떻게 활용하느냐에 따라서 생활이 달라지는 건 어느 정도 맞는 말인 것 같다.

목표를 가진 노력

　태릉 선수촌에서 힘들게 훈련하는 국가대표 선수들을 보니 정말 대단하다고 느꼈다. 특히, 정말 극악의 난이도 훈련을 하면서도 힘들다고 포기하지 않는 레슬링 선수들의 태도가 멋졌다.

　올림픽에서 선수들이 하는 경기를 볼 때면 매번 쉬워 보였는데 훈련하는 모습을 보니, '역시 국가대표는 국가대표구나.'라는 걸 느꼈다. 앞으로 올림픽 볼 때는 선수들이 하는 걸 보면서 '저걸 하기까지 얼마나 많은 시간과 노력이 들었을까? 대단하다.' 그렇게 생각할 것 같다.

　나는 학교 검도부에서 훈련할 때 포기하고 싶었던 순간들이 많았다. 죽도를 쥐고 일주일에 이틀, 하루 3시간씩 연습할 때면 체력이 받쳐주지 않아서 힘들었다. 어떤 날은 머리치기만 3시간 하고, 어떤 날은 발이 까질 정도로 대련을 했다. 그러다가 대회

한 달 전엔 검도부를 해체한다고 훈련을 멈추었다가, 변덕스럽게 대회 일주일 전부터 다시 훈련을 시작했다. 검도는 한 달만 쉬어도 실력이 바뀐다는 걸 그때 깨달았다. 닷새 동안 벼락치기 하듯 훈련을 하였다. 보람이 있었냐고 묻는다면 별로 없었다고 대답하고 싶다. 대회 성적은 단체전 다섯 팀 중에 4위였다.

실제 올림픽 국가대표들이 훈련하는 모습에 비하면 검도부 훈련은 정말 아무것도 아닌 것처럼 느껴졌다. 나도 국가대표 선수처럼 내 꿈을 위해 열심히 하고 싶다. 올림픽 메달이라는 목표를 가지고 있는 선수들이, 국가대표들이 한 목표를 향해 가는 열정을 영상으로 만날 수 있음에 감사하다.

나에게 글쓰기란

　나는 초등학교 때까지만 하더라도 글 쓰는 것이 쉽다고 생각했다. 교내 대회에서도 매해 상을 받았고, 글 쓰는 것에 대해서도 큰 어려움은 많이 없었기 때문이다.

　나에게 글쓰기가 쉬운 일로 여겨졌던 까닭은 일주일에 두 번씩 쓰던 일기 덕분인 것 같다. 요즘엔 귀찮아서 2주에 두어 번 수요일과 주말 중에 한 번 쓸까 말까 하지만 초등학교 2학년부터 6학년까지는 한번도 빠짐없이 일주일에 두 번 썼다.

　내가 쓴 일기를 읽다 보면 재미있다. 저학년 때 쓴 일기 공책과 최근에 쓴 일기 공책을 비교해 보면 확연히 다른 걸 알 수 있다. 어릴 땐 항상 "참 재미있었다."로 끝나는 데 비해 최근에 쓴 일기에선 하루에 대한 반성을 한다든지, 좀 더 구체적인 감상평이 드러난다. 글쓰기 실력이 발전한 것을 보면 다시 의욕

이 생겨서 글쓰기를 시작하게 된다.

　이번 글쓰기 수업을 통해 더욱 다양한 표현을 쓸 수 있게 된 것 같아 뿌듯하다. '허겁지겁', '척척'과 같은 꾸며주는 말들을 자유자재로 쓸 수 있게 되었다.

　내 글은 아직 부족할지도 모른다. 그러나 부족할지언정 글 쓰는 게 재미있기 때문에 이 수업이 끝나더라도 글을 쓸 것이다. 나에게 글쓰기는 이제 내 삶에 없어선 안 될 보물과도 같다.

소감

　7주간 한 편, 한 편씩 발전되는 내 글을 읽어보니, 첫 날에 썼던 글과 7주가 지나고 난 후 쓴 글이 확연히 차이가 보였다. 처음엔 백지였던 글이, 마지막 날엔 한 장의 그림이 되어 있었다. 글 쓰는 걸로도 성취감을 얻을 수 있다는 걸 이제는 믿을 수 있게 되었다.

　또, 글쓰기와 내 삶이 이렇게 많이 연관되어 있을 줄 몰랐다. 이 수업을 통해 여러 가지 글을 다양하게 쓸 수 있게 되어 뿌듯하다. 앞으로도 열심히 많은 글을 쓸 것 같다.

다정이의
글모음

권다정

권다정

집에서는 조용히 책을 읽고 낭만을
즐기는 내향인 밖에서는 친구들과
시끌벅적 떠들고 놀기 바쁜 외향인

낙엽과의 약속

나에게는 어려서부터 친하게 지내던, '사랑'이라는 아담하고 귀여운 친구가 있다. 사랑이는 누구나 부러워할 공부 실력을 가지고 있고, 상도 굉장히 많이 받은 완벽한 아이였다.

초등학교 1학년 때의 어느 날 그 사건이 일어났다. 사랑이와 나는 시원한 가을바람이 불던 쉬는 시간에 우연히 복도에서 만났다.

"다정아, 안녕!"

"응, 안녕 사랑아."

"너 오늘 학원 가지?"

"응."

"오, 그럼, 우리 방과후에 같이 갈래?"

"그래, 좋아."

"그럼, 학교 마치고 내 반 앞에서 기다려. 알았지?"

"그래."

그렇게 나는 사랑이와 방과후, 학원에 같이 가기로 하였다. 피곤했던 학교 수업이 끝나고 하교 시간이 다가왔다. 하지만 나는 사랑이를 두고 먼저 학원에 가버렸다. 왜냐? 나는 잘 까먹는 타입, 흔히 말해 '금붕어 머리'였기 때문이다. 나는 사랑이와의 약속을 잊어버린 채 가벼운 발걸음으로 학원에 도착했다. 그때, 꼬마 아이가 혼자 열기엔 버거운 유리문이 마치 깃털처럼 가벼워지듯 세게 열렸다. 쾅!

"야!!"

"어… 왜?"

"나 왜 버리고 가. 너는 내 친구잖아!!"

이제야 생각났다. 사랑이와의 약속이. 그리고 나는 깨달았다. 사랑이는 마치 가을의 낙엽처럼 한순간에 성격이 바뀌다 못해 부서져 버릴 만큼 화가 났고 무섭다는 것을 깨닫자마자, 오히려 나는 사랑이에게 무척 실망했다. 물론, 내가 약속을 어기고 간 것은 맞지만, 그렇게까지 화낼 필요는 없던 상황이라는 생각이 들었기 때문이다. 사랑이에게 화를 내고 싶었지만, 사랑이의 성격을 이기지 못했다.

"미안, 까먹었어. 그럼, 내일 나랑 같이 갈래?"

"뭐? 싫어! 난 이제 너랑 친구 안 해. 우리 절교하자!"

얘 뭐지? 친구 된 지 1년 안 됐는데…. 당황스러웠다. 나는 사랑이와 굉장히 오래갈 수 있을 줄 알았는데 사랑이는 아니었나 보다. 나도 너무 화가 난 나머지 심한 말을 하고 말았다.

"야, 내가 잘못한 건 맞는데, 왜 이렇게 화내? 그래, 미안해. 됐어?"

"야, 화낼 건 나야."

"그래서? 그래도 그렇게까지 화낼 건 없잖아."

"됐어. 그냥 절교야."

그렇게 나는 가장 소중한 친구를 잃었다. 사실은 이 일이 있기 얼마 전에도 친구 한 명을 잃었었다. 내가 바쁘다는 핑계로 연락을 보지 않았기 때문이다. 그렇기에 이 일은 나에게 너무나도 큰 죄책감을 심어줬다.

얼마 뒤, 나는 죄책감에 결국 먼저 사과를 하기로 결정하고 문자를 보냈다.

> 사랑아, 내가 미안해. 그때는 화가 나서…
> 그래, 사과 받아 줄게.

용기를 내 사과한 덕분에 나는 친구를 되찾고 죄책감도 씻겨 나갔다. 현재 사랑이는 나의 둘도 없는 단짝 친구가 되었다. 현재의 사랑이는 1학년 때와 달리 단단 나무처럼 남을 잘 포용하고 배려할 줄 아는 멋진 아이가 되었다. 현재 나는 그런 사랑이가 너무 좋다.

그리고 지금의 나는 사랑이와의 약속을 잘 지키기 위해 항상 메모를 해 두는 습관을 기르고 있다.

던져 버리고 싶은 나의 습관들

나에게는 공부할 때만 나타나는 습관이 몇 개 있다. 집에서 공부할 때면 손톱이 자꾸만 신경이 쓰여 주변에 있는 거스러미라든지 굳은살을 뜯거나 제거하는 데에 시간을 너무 소비해서 그날까지 해야 할 공부를 다 하지 못한다거나 스마트폰을 멈추지 않아서 제때 공부를 하지 못하고 늦게까지 공부를 하게 된다. 공부에 전혀 도움이 안 되는 이것들이 내가 가장 버리고 싶은 습관이다.

그리고 나는 항상 나 자신을 칭찬하지 못하는 습관이 있다. 예를 들자면 내 친구가

"야, 너 그림 진짜 잘 그린다."라고 말하면 내심 좋으면서도 이런 내가 싫어져서

"아, 그래? 난 잘 모르겠어."

라고 말한다. 항상 스스로를 깎아 내려서 주변 친구들도 나를 더 이상 칭찬하지 않게 된다. 그래서 그런지 자존감도 떨어지고 내가 잘하는 것을 점점 하지 않게 된다.

또 우리 엄마는 내가 그림을 그릴 때마다 좋아하시고 항상 사진으로 간직하시는데, 나는 그럴 때마다 부끄러워져서 매번 짜증을 내 서로에게 상처를 준다. 이런 성격이 싫어 감추려고 하면 한 번에 폭발해 버려서 곤란해질 때가 많다. 예를 들면 "다정아~" 하면서 친구가 안기려 하면 때리거나 밀쳐버린다. 그럴 때마다 어디 쥐구멍이 없나 하며 사람이 없는 화장실 같은 곳으로 숨어버리곤 한다. 그리고 아무 이유 없이 짜증을 낼 때가 빈번하니 도대체 어떻게 하면 좋을까?

만약 버려야 할 것이 더 있냐고 물으면 스마트폰이라 할 것 같다. 나는 스마트폰만 손에 쥐면 누구보다 빠르게 시간을 확인한다. 갤럭시폰에는 시간을 누르면 초까지 같이 보이는 기능이 있는데 난 그것을 보며 시간 때우는 것을 좋아한다. 마치 사람들이 힐링을 위해서 불멍을 하는 것과 같다. 단지 무엇을 보고 힐링을 느끼냐가 다를 뿐이다. 하지만 고작 시간을 보며 힐링을 느끼기 위해서 내 시간을 소비하는 것은 앞으로 바꾸어야 할 습관이라고 생각한다.

휴대폰의 밀당

    나는 평소 휴대폰으로 친구와 SNS로 서로 재밌는 이야기를 주고받거나 짧은 영상을 보기도 한다. 생각해 보면 친구와 주고받는 영상은 죄다 이상하고 웃긴 것들밖에 없다. 물론 숙제를 하기 위해 네이버를 사용하기도 한다. 이러한 이유 때문인지 신이 나에게 벌을 내리듯 자꾸만 휴대폰을 빼앗아 버린다. 처음 휴대폰을 잃어버렸을 때는 2학년 겨울방학, 베트남 여행을 갔다가 한국으로 돌아오는 비행기에서 급하게 내리느라 잃어버렸다.

    "다정아, 빨리 내려. 늦었다!"

    "응응, 알았어. 휴대폰 좀 찾고."

    휴대폰을 찾기 위해 내 좌석 주변을 샅샅이 뒤졌다. 하지만 그 어디에도 내 휴대폰은 보이지 않았다. 꼬마였던 나는 늦게 내리면 비행기가 출발해 버리는 줄 알고 그냥 휴대폰을 놔두고 내렸다. 거의 일부러 휴대폰을 두고 내린 것이다. 지금 생각하면 그때의 나는 그저 순수하고 해맑은 아이였다.

4개월 전에는 침대 밑에서 찾았고, 2개월 전에는 학원에서 발견되었다. 나에게 자꾸 이런 일이 일어나는 걸 보면 아마 휴대폰이 나와 자꾸만 밀당하는 것 같다.

휴대폰이 없으면 나는 일단 굉장히 불안하다. 아침에 시간을 보지 못하니 그런 것도 있고, 가장 중요한 것은 친구들과 소통을 하지 못한다는 점에서 그런 마음이 드는 것 같다. 하지만 만약 오늘 하교 시간에 휴대폰을 잃어버린다면 전과 달리 꽤 평온하고 괜찮을 것 같다. 휴대폰이 없으면 시간도 제대로 못 보고 내가 좋아하는 애니메이션도 보지 못하지만, 뭐 시간은 못 봐도 상관이 없고 애니메이션은 TV로 보면 된다. 게다가 현재의 휴대폰은 생명을 거의 다해서 어차피 어머니라는 구세주의 도움으로 바꿔야 하는 상태니 아쉬움이 덜 할 것 같다. 물론 내 갤러리의 추억도 사라지고 친구들과 재미있는 릴스를 주고받지 못하지만, 친구들은 학교에서도 만나니까.

학원 쉬는 시간에 친구들이 휴대폰을 하는 것을 슬쩍 훔쳐봐도 친구들은 릴스를 보는데 나만 애니메이션을 보고 있어 약간 소외감이 들 때도 있고, 같이 릴스를 볼 때면 나만 알고리즘에 이상한 게 떠서 또다시 소외감이 든다. 친구들과 같이 게임을 하면 항상 내가 제대로 활약하지 못해서 또또또 다시! 소외감이 든다.

하지만 친구들과 경쟁 게임이 아닌 힐링 게임을 할 때는 솜사탕처럼 폭신폭신한 기분이 나를 감싼다. 집에서 혼자 내가 좋아하는 애니메이션이나 만화를 볼 때면 혼자만의 여가 시간을 즐길 수 있고, 게다가 휴대폰으로 플레이북이란 앱에서 만화책을 사면 서점에서 사는 것보다 2000원 정도 싸니, 휴대폰이란 정말 유용한 물건인 것 같기도 하다.

최근에는 일본어를 배우고 싶어서 '듀오링고'라는 앱을 켜서 공부를 시작했다. 물은 미즈, 녹차는 오차, 밥은 고한…. 내가 아는 것은 이것밖에 없다.

우리에게 없어서는 안 되지만 많은 중독 현상과 불안함을 느끼게 하는 휴대폰, 계속 사용해도 되는 걸까?

메달의 가치

나는 근육을 만드는 게 쉬운 일인 줄 알았다. 헬스를 다니지 않는 일반인들도 금방 살을 빼는 경우가 있기 때문이다. 하지만 나의 이런 생각은 금방 사그라들었다. 선생님이 보여주신 국가 대표의 훈련 영상을 보고 말이다. 매일 일찍 기상해서 자신과 비슷한 체구의 사람을 번쩍 들고 계단을 오르는 건 기본이고, 마치 사이클 선수처럼 다리에 근육이 솟아오를 만큼 빠르게 사이클을 타며 훈련하다가 심하게 다치기도 하였다.

저런 근육이 괜히 나오는 게 아니구나. 저게 사람이 가능한 일인가? 국가대표가 되어 메달을 따려면 매일 매일 지옥 같은 훈련을 해야 하는구나.

내 꿈은 체육인이 아니지만, 학교를 대표하는 검도부로서 내 자신이 정말로 부끄러웠다. 일주일에 단 6시간 훈련을 하지만 학원을 핑계로 빠지는 날이 많았고, 땀 한 방울도 흘리지 않고 훈련할 때가 많았기 때문이다. 이 영상을 보고 알았다. 내가 왜 대회에서 실력을 발휘하지 못했는지, 우리 팀이 왜 메달을 따지 못했는지를 말이다. 나에게 메달이란 그저 받지 않아도 괜찮은 작은 플라스틱 덩어리에 불과했던 것이다.

훈련장의 파란 매트가 선수들의 땀에 젖어 마치 바다에 비친 햇살처럼 반짝였다. 선수들의 땀과 노력이 언젠가는 값지고 빛나는 메달이 되길 바란다.

말하지 못한 작은 취미

　나에게는 누구에게도 말하지 못하는 취미가 있다. 바로 만화책을 읽고 후기 남기기! 이건 괜히 부끄러워서 그 누구에게도 말하지 않는 특급 비밀이지만, 나의 가장 소중한 취미이다.
　이 취미는 홀로 서점에 갔을 때 시작되었다. 서점에서 읽을 만화책을 찾고 있었는데 옆에서 모르는 분들이 떠드는 것을 우연히 엿듣게 되었다.
　"야야, 나 요새 취미 하나 생김."
　"뭐? 무슨 취미?"
　"배○의 민족 후기 웃기게 남기기."
　"그게 무슨….”
　"아니, 진짜 재밌어."
　뭔가 굉장히 신박한 이야기였다. 배○의 민족 후기 웃기게 남기기라니! 너무 마음에 들어 집에 오자마자 사 온 만화책을 모조리 다 읽고 종이에다 연습 삼아 후기를 써 내려갔다.

> 가해자와 피해자의 사랑 이야기라니….
> 처음에는 이상한 만화라고 생각했는데 읽으면
> 읽을수록 묘하게 중독되는 느낌?

처음에는 '다른 사람도 보지 못하는 후기 뭣 하러 쓰지?'라고 생각했는데 계속 써 보니 만화를 더 잘 이해하게 되는 것 같았다. 그렇게 만화책 후기 쓰기는 내 취미로 정착하게 되었다.

최근에는 실제로 온라인 서점 홈페이지에서 후기 쓰기를 도전하고 있다.

이 만화책 진짜 재밌음! 이것만 계속 읽다가
내 첫 만화책이자 마지막 만화책이 될 수도?

아직까지는 좀 부족한 실력이지만 사람들의 반응이 좋았으면 좋겠다.

소감

　처음에 선생님께서 "책으로 출판될 예정이다."라고 하셨을 때 실감이 나지 않았다. 근데 퇴고하고 있는 나를 보니 이제서야 실감이 난다. 내 마음에 작가라는 꿈이 싹트고 있었는데 마침 좋은 기회다. 하지만 퇴고하다 보니 '과연 잘할 수 있을까?'라는 생각이 들었다. 다른 친구들이 작가가 꿈인 나보다 더 잘 쓰면 어떡하지? 그럼 나 작가 못하는 건가? 하지만 이런 생각은 금방 사라졌다. 어차피 시간은 많고 지금은 내 꿈에 다가가기 위한 첫 발자국이니 열심히 노력하면 된다. 내 글이 책에 실려서 유명해질 때까지 나는 글쓰기를 멈추지 않을 것이다.

대한이의
글모음

우대한

작가 소개

우대한

지구의 핵같이 세상에 필요한
사람이 되고 싶다.
이 책을 읽는 사람에게 좋은
인상을 남기고 싶다.

동생과 갈등

동생과 싸웠다. 오후에 태권도를 마치고 와서 먹으려 놔두었던 츄파춥스 사탕을 동생이 먹어버렸기 때문이다. 그것도 내가 제일 좋아하는 콜라 맛인데. 나는 순간적으로 화가 나서 동생한테 소리를 질렀다.

"야! 너 왜 내 사탕 먹어?"

"아, 먹을 수도 있지, 쪼잔하게 왜 그래!"

"아니 먹을 거면 물어보고 먹어야지. 아, 진짜!"

"먹을 거면 먼저 얘기했어야지!"

"아, 됐어!"

그리고 한동안 서로 아무 얘기도 하지 않았다.

저녁이 되었다. 밥을 먹으러 나왔을 때도 동생은 나한테 아무 말도 안 하고 관심도 안 주었다. 평소에도 자주 다투어서 그런지 엄마, 아빠는 평소대로 저녁 식사를 하셨다. 낮에 있었던 일이 서로 마음에 아직 남아 있어서 그날 우리는 서로 단 한마디도 안 하였다.

이튿날 서로 화나 있던 감정은 하루가 지나자 꺼져가는 불꽃처럼 사그라들었다. 돌이켜 보니 사소한 일이라 생각한 것 같고 이젠 끝난 일이라서 그런 것 같다. 아마 동생도 그렇게 생각한 듯싶다.

그렇게 동생과 나의 갈등은 끝이 났다.

존경

　수업 시간에 선생님께서 리우 올림픽 때 우리나라의 국가대
표 선수들이 올림픽을 위해 훈련하는 영상을 보여주셨다. 영상
을 보니 선수들이 얼마나 힘들게 훈련하는지, 선수들이 인터뷰
할 때도 얼마나 힘든지 느껴졌다.

　"와! 올림픽을 위해 몸도 안 아끼고 계속 훈련하네. 쩐다!"

　선수들이 훈련하는 것을 보고 감탄이 터져 나왔다. 영상을 보
며 나는 어떤지 생각하였다. 선수들은 메달을 향해 달려나가는
데 나도 선수들처럼 목표가 생기고 목표를 향해 달려갈 수 있
으면….

　선수들은 다쳐도 바로 훈련하러 나갔다. 놀라웠다. 왜냐하면
나는 선수들처럼 그렇게 다치면 바로 훈련할 생각이 안 날 것
같기 때문이다. 나는 동영상 속에 나오는 선수들과 다르게 운

동이 아니어도 힘들면 아무것도 못 할 거 같다. 그리고 선수들은 아침마다 훈련하는데 나는 아침에 아니 살아가면서 그럴 성실함이 없다. 힘들어도 자신의 목표를 향해 달려 나가는 선수들을 보니까 마음속에서 존경이 우러나온다.

영상을 보고 선수들처럼은 아니지만 매주 근처 공원을 산책해서 몸을 길러야겠다.

게임은 어려워

　내가 살아가는데 버려야 할 습관은 숙제하기 전에 게임을 많이 하는 것이다. 숙제하기 전에 게임을 하는데, 처음에는 딱 한 판만 하려고 생각한다. 하지만 정신 차리고 숙제를 하려 하면 시간이 어느샌가 한 시간, 두 시간씩 지나있다.

　그래서 되도록 게임을 안 하려 하지만 정신 차리면 또 게임을 하고 있다. 나는 이 습관을 고치려 하지만 아직도 못 고치고 있다. 하지만 핸드폰을 아빠한테 숨겨달라 하면서까지 게임을 하지 않으려 하니 요즘은 30분에서 1시간 사이로 줄었다. 내 노력이 아주 조금은 들어간 듯하다.

　앞으로도 게임은 숙제를 다 하고 난 뒤 하겠다.

만약 휴대폰이 사라진다면

나는 휴대폰을 주로 게임이나 유튜브 보는 용도로 사용한다. 게임이나 동영상을 보면 한두 시간은 금방 지나간다. 하루 네 시간, 다섯 시간 동안 게임을 하거나 유튜브를 보면 벌써 잘 시간이 된다. 시간이 지나가는 걸 알면서도 휴대폰을 멈추지 못한다. 왜냐하면 휴대폰은 마치 인형 뽑기 같아서 끝날 때까지 하기 때문이다. 하지만 휴대폰을 안 하고 시간을 보낼 때에는 시간과 정신이 느리게 간다. 이때만큼은 십 분이 삼십 분, 아니 꼭 한 시간 같기도 하다. 만약 휴대폰을 사용하는 도중에 휴대폰이 사라진다면 어떤 일이 생길까? 일단은 놀라서 없어진 휴대폰을 찾으러 몇 시간을 헤맬 것이다. 휴대폰이 없으면 미칠 지경이 될 것 같다. 하지만 휴대폰이 없어진 지 오랜 시간이 지나면 오히려 내가 할 취미, 독서를 자주 할 것이다.

소감

글을 쓸 때 항상 최선을 다하려고 노력했다.

그러던 어느 날 내 글이 책으로 만들어진다는 것에 놀랐다.

선생님이 내 글과 다른 애들의 글까지 합쳐 책으로 만든다 하셨을 때,

'나 같은 게 무슨 책이야?'

포기하고 그냥 집으로 갈까 생각도 해봤지만

내 글을 책으로 볼 수 있는 기회인 듯싶어 참여해 봤다.

우리 글이 '학생 책쓰기 공모전'에 선정될 줄 몰랐다.

예은이의
글모음

우예은

우예은

동촌중학교 1학년.
'예의 바르고 은혜를 갚는 사람'이라는
뜻을 가지고 있다.
당근과 견과류를 싫어한다.
남을 배려하지 않는 행동을 싫어한다.
진로와 미래에 관해 고민이 많지만,
아직 기회는 많고 언제든
도전하면 된다고 생각하며 앞으로
더 성장하는 사람이 되고 싶다.

선생님의 고민

작년 말 뉴스에서 극단적인 선택을 한 선생님의 사건이 나왔다. 교권 침해 사건이 빈번하게 발생하면서 뉴스 기사나 학교에서 교권 침해 사건과 교권 침해에 대한 많은 이야기를 들었다. 누군가의 인권을 침해하여 피해를 보는 일이 생긴다는 것이 안타까웠다. 처음 학생에게 폭행당한 선생님의 사례를 들었을 때는 어이가 없었다. 학생이 교사를 폭행한다는 것은 상상해 보지 못했기에 놀랐고, 그 폭력의 주체가 초등학생인 점은 나에게 더 큰 충격이었다.

과거에는 학생의 인권을 보호하지 않고 체벌이나 폭언을 사용하는 교사가 많아 학생들의 피해가 컸다면, 현재는 학생의 인권만 생각하고 보호해 주니 교권이 보호되지 않아 많은 교사가 극단적인 선택, 퇴사 등을 하게 된다는 것을 알았다. 평소에 학교에서 선생님들께 무례하게 대하는 학생들을 많이 봤는데 이러한 사실들을 알고 나니, 문제라고 생각해 보지 않았던 행동들이 큰 문제로 다가오는 듯했다. 내가 선생님의 입장이 되어 생각해 보니 다수의 학생이 무례하다면 무례한 학생들의 행동에 대해 고민이 많아지고 학교에 오기 싫고, 수업하는 것이 두려워질 것 같았다. 한편으로는 선생님들의 반응과 대처, 선택들이 이해되고 지금까지 버티고 계신 선생님들이 매우 대단하다는 생각이 들었다.

선생님들의 또 다른 고민 중에는 학생을 과보호하는 학부모들도 있을 수 있다. 마치 어린아이들이 자신이 유리한 대로 거짓말하듯, 자기 잘못을 잘못이 아닌 듯이 부모에게 말하여 선생님들에 대해 오해를 불러오게 하는 학생들이 있다. 이에 따라 학부모에게 주의나 문제 제기를 받아 고통을 호소하는 교사의 수도 증가하고 있다.

교권 침해 사건들이 계속해서 생기니, 교권 보호를 위해 새롭게 시행하는 학교 규칙들이 생겼다는 안내장을 받았을 때는 다행이라고 생각하기도 했다. 물론 학생 중 새로 생긴 규칙을 받아들이지 않는 학생도 있겠지만, 교권을 보호하는 규칙이 더 생겼다는 것이 한편으로는 안심이 되었다.

우리는 모두 사람이기에 서로에게 상처를 주고 미움을 받고, 때로는 감사를 전하고 사랑을 받으며 살아간다. 그런 일상에서 우리는 서로를 존중하며 이해하고 배려하는 자세, 자신의 것을 양보할 줄 아는 자세를 가져야 한다. 누구의 인권이 더 중요하고 소중하다고 할 수 없다. 나 혼자 사는 세상이 아니라 함께 살아가는 세상이므로 서로 배려하며 상대를 인정하고 이해하는 순간 우리는 지금보다 더 나은 삶을 살 수 있을 것이다.

게으른 사람의 습관

"학교나 학원에 갔다 와서 그날의 학교 과제와 학원 숙제를
바로 한 적이 있는가?"

누군가가 나에게 묻는다면

"글쎄요."

나는 분명 머뭇거릴 것이다.

나는 과제나 숙제를 미루는 경향이 있다. 습관적으로 미루다
가 민망하거나 당황스러웠던 경험이 많고, 해야 할 것을 하지
못해서 혼난 적도 있다. 해야 할 과제나 숙제는 바로 하는 것이
옳다는 것을 알지만, 할 일을 하지 않고 놀거나 잠을 자다가 막
상 학교나 학원 갈 시간이 되면 그제야 시작하거나 아니면 못
하고 그냥 가는 일도 있었다. 그럴 때마다 아무 말도 못 하고 머
쓱하게 웃고 있는 내가 후회스럽고, 다시는 안 그래야겠다고 다

짐하면서도 또 똑같은 상황이 반복된다.

이런 나를 바꾸고 싶어서 플래너나 계획서 등을 써 보기도 했지만 얼마 못 가고 다시 게으른 나로 되돌아간다. 시험 기간이거나 수행평가가 있는 날이 아니면 꾸준한 계획을 세우고 실천하는 것이 어렵게 느껴졌고 귀찮고 피곤했다. 플래너를 매일매일 깔끔하게 쓰거나 내가 마음에 드는 만큼 높은 기준을 잡고 열심히 적으려니 더 힘들게 느껴졌다. 나의 결과를 보여주고 다른 누군가에게 인정받는 것을 좋아한다는 걸 알지만 '이 행동이 과연 옳은 것일까?'라고 다시 생각해 보게 된다. 나를 속이고 남을 속이는 이 행동들이 모여서 게으른 나를 만들어 가는 중일지도 모른다는 생각이 들었다.

나는 스스로를 게으른 사람이라고 생각한다. 게으르지 않으려고 노력하고 있지만 아직은 부족한 사람이다. 내가 할 일을 바로하는 습관부터 다시 만들어 가고 하나하나 실천해 가는 것부터 다시 하면 미래에는 내가 희망하는 모습일 것이다.

나를 만들어 가는 문학 작품

　문학 작품을 보면 내가 가장 먼저 떠오른다. 내 삶의 주인공은 나이기에 그 문학 작품의 인물을 나로 맞추어 읽는다. 그다음 나를 그 문학 작품에 맞추어 바꾼다. 옷 입히기 놀이를 하듯이 성별, 나이 등 여러 요소를 이용해 나에게 옷을 입힌다. 갖춰 입은 나를 주인공으로 작품을 읽으면 집중이 잘 되고 그중에서도 실제 나와 가장 비슷한 인물이 있는 작품에 몰입이 잘 된다.

　문학 작품은 나를 보는 것과 같다. 작품을 통해 나를 되돌아보고 나와 내 삶에 대해 생각해 볼 수 있다. 만약 10대의 사춘기에 대한 글이 있다면, 평소 나의 행동과 비교해 보면서 나에 대해 반성하는 시간을 가질 수 있다. 주인공이 한 행동은 나와 비슷한가, 나와 무엇이 다른가 떠올리다 보면 내가 그동안 잘못했던 행동들을 다시 생각해 보면서 반성의 시간을 가질 수 있다. 또한 내가 실수한 것이 있다면 그 실수를 바로잡도록 노력하는 계기가 될 수 있다.

문학 작품은 소설, 수필, 시나리오, 시 등 여러 가지 종류가 있다. 소설은 소설대로, 수필은 수필대로, 시는 시대로 여러 가지 특징을 가지고 있고 각자의 특성을 나타낸다. 여러 종류의 문학 작품을 접하다 보면 내가 더욱 풍부해진다.

3~4학년 때에 나는 글 읽기를 매우 좋아했다. 특히 소설을 매우 좋아했고, 자주 읽었다. 소설 속 주인공들이 나를 응원하고 격려해 주는 것 같았고, 내가 주인공이 된 것 같은 느낌이 들었다. 그래서 항상 소설만 읽었다. 사랑 이야기, 우정 이야기, 판타지 등 여러 소설을 읽었고, 소설 외 다른 책은 건드리지 않았다.

학교 도서관에서 찾은 소설책 중에서 가장 인상 깊게 읽었던 책은 유영민 작가의 『오즈의 의류 수거함』이다. 주인공 '도로시'와 그 주변 인물들의 따뜻한 마음이 나에게 위로가 되었고, 의류 수거함이라는 특이한 소재와 자살을 준비하는 남자 아이 '195'와의 우정과 사랑 사이의 감정이 흥미롭고 신기했다. 10대 청소년의 순수한 일탈을 표현했다는 점이 나를 보는 것 같아 공감이 잘 되고 몰입되어 그 책만 계속 빌려 읽고 친구들에게도 추천했었다. 상처받은 작은 존재들이 모여 서로의 버팀목이 되어가며 한 걸음씩 성장하고 단단해져 가는 모습이 마치 뭉칠수록 단단해지는 눈 같아서, 순수한 마음이 마치 때 타지 않은 새하얀 눈 같아서. 그래서 더 애정이 가는 소설이 아니었을까 생각하게 된다.

5학년 이후에는 소설 읽을 시간이 없어 소설보다는 교과서 위주의 글을 찾아 읽었다. 교과서 속에는 시, 수필, 소설 등 여러 글이 있어 여러 종류의 책을 읽었다. 처음에는 재미없고 지루한 생각뿐이었다. 그렇지만 계속 읽을수록 글마다 보이는 특징이 재미있었다. 작가의 경험을 설명한 글도, 짧고 반복적인 시도 재미있고 즐거웠다. 다양한 문학 작품은 나를 더 풍부하고 깊게 만드는 것 같다. 하나의 작품만 고집하는 게 아니라 여러 작품을 접하며 바뀌는 내가 좋았다.

문학 작품은 '나를 만들어 가는 것'이다. 글자 하나하나가 나를 그리고 만들어 가며, 문장 한 줄은 내가 살아갈 삶에 영향을 끼친다. 또 하나의 글은 나를 보여주는 것이 될 수 있다. 나의 삶은 글과 함께 만들어 가는 경험이고, 실수도 바로잡아 줄 수 있는 해결책이라고 생각한다. 나의 마음속 나무를 키운다면 글을 읽을수록 생각의 나뭇잎이 자랄 것이고, 나에 대해 생각하고 반성한다면 그 뿌리는 더욱 단단해져 가 곧고 길게 뻗은 나무 한 그루가 되어 있을 것이다. 만약 내 주변에 글 읽기를 싫어하는 사람이 있다면 그 사람의 나무에 다가가 물을 주고 싶다. 그리고 그 물은 이 글이 되었으면 좋겠다.

땀방울이 모여 만드는 금빛 물결

선수촌에서 수많은 훈련과 연습을 하면서 땀을 흘리고 노력하는 모습을 보니 선수들의 마음과 끈기가 더 잘 느껴지고, 힘들고 고통스러운 모습이 안쓰러우면서 대단하게 느껴졌다.

이 영상을 본 후 초등학생 때 나갔던 피아노 대회 때의 내가 떠올랐다. 분명 연습했지만 잘되지 않아 속상하고 억울해 남몰래 슬퍼하던 나의 모습이 아직도 생각난다. 그러나 지금 생각해 보면 아쉬운 마음보다는 매일 저녁 열심히 연습하고, 자주 틀리던 부분을 틀리지 않고 연주를 해냈던 과거의 내가 뿌듯하다는 생각이 든다. 국가대표들이 최선을 다했던 것처럼 할 수 있는 선에서 최선을 다한 과거의 나를 칭찬해 주고 싶다. 또 그 일로 내가 더 성장하리라는 것을 깨달았다.

시속 50km의 공이 날아와도, 무겁고 단단한 하키채에 맞아 상처가 생겨도 포기하지 않고 개인 연습까지 하는 하키 선수들이 대단하고 멋져 보였다. 매번 아프다고 포기하고 쉬는 나와 비교하니 내가 부끄러워지면서도 끈기와 강인한 의지를 본받아 성장하고 정신적으로 강해지는 내가 되고 싶다는 생각이 들었다.

영상 속 '선수들이 흘렸던 땀방울들이 모여서 금빛 물결이 된다.'라는 말이 인상 깊게 남아 있다. '노력은 배신하지 않는다.'라고 말해주는 듯해 뭉클하면서도 기쁘게 느껴졌기 때문이다. 짧지만 강렬한 대사 한 줄이 강렬하게 머릿속에 남아 앞으로 살아갈 나에게 응원의 한마디가 될 것이라 믿어 의심치 않는다.

.

자유가 '진정한 자유'로 바뀌는 순간

평소 휴대폰로 할 수 있는 기능들은 매우 많다. 어느 곳이든 사진과 동영상 촬영을 할 수 있고, 영화나 드라마 시청, 인터넷 쇼핑이나 SNS를 편하게 한 손으로 들고 다니며 할 수 있다는 장점들이 있다. 또 전화나 영상 통화로 상대와 쉽게 소통할 수 있고, 컴퓨터가 아니더라도 게임을 할 수 있다. 나는 휴대폰으로 영화나 드라마 시청, 영어 말하기 앱 사용, 인터넷 쇼핑, SNS, 영상 통화나 전화, 유튜브 시청, 게임 등을 한다. 휴대폰은 이제 살면서 없으면 안 될 물건이 되었다.

만약 휴대폰 없이 일주일을 살아야 한다면 어떻게 될지 상상해 본다. 평소에 나는 와이파이가 없어 인터넷 연결이 되지 않는 도로나 차 안에서는 창밖을 구경하거나 주변 사람과 이야기하며 시간을 보낸다. 어느 도로든 창밖의 모습은 다르고 개성 있는 모습이기에 하나하나 자세히 구경하는 재미가 있다. 동생과 같이 있을 때는 가게 간판 이름 대기 같은 놀이도 했었다. 또 자주 덤벙대서 물건을 잃어버리기도 했는데 그런 날에는 읽지 않았던 소설책을 읽거나 방 청소를 하기도 하고 그림을 그리기도 했다.

휴대폰 사용을 금하는 학교에서는 친구들과 함께 뛰어놀거나 장난치며 놀 수 있고, 수련회 같은 곳에서도 마찬가지로 친구들과 함께 이야기하거나 손으로 할 수 있는 놀이로 즐겁게 시간을 보낼 수 있다고 생각한다. 이처럼 주변 사람들과 함께 이야기하고 놀며 휴대폰 없이도 행복할 수 있다.

요즘은 어린 아이에게도 부모님들이 휴대폰을 사주어 휴대폰 사용 연령대가 점점 낮아지고 있다. 나도 어렸을 때부터 휴대폰을 가지고 있었다. 처음에는 휴대폰을 너무 많이 보지 말라고 주의를 주는 부모님을 보며 절대로 휴대폰을 많이 사용하지 않겠다고 다짐했다. 그러나 휴대폰을 사용할수록 점점 더 사용 시간이 늘어나고 휴대폰 사용을 자제하는 것이 어려워졌다. 그래서 사용 시간을 정해서 그 시간만 사용할 수 있는 앱을 사용하기도 했었는데 그 앱을 지우고 나니 다시 원래의 나로 되돌아가 버렸다. 그런 내가 한심하기도 하면서 부끄러워졌다.

나에게 일주일 동안 '휴대폰으로부터의 자유'가 주어진다면 처음에는 짜증나고 화나고 불편할 것이다. 또 심심하고 무기력해질 것 같다. 무언가 궁금해도 정확히 알 수가 없고, 무언가 가지고 싶다면 꼭 나가서 사야 한다는 불편함도 생길 것이다. 하지만 책을 찾아서 궁금한 것을 알아볼 수 있고, 집에만 있는 것이 아니라 밖에 나가서 여러 활동하며 시간을 보낼 수도 있다.

그런 면에서 자신만의 취미 시간을 가지고 휴대폰으로부터 벗어나 휴식과 안정을 되찾는 것도 중요하다고 생각한다. 우리는 휴대폰으로부터의 자유를 자유로 받아들일 수 있어야 한다. 자유로 받아들이는 순간 내가 그동안 휴대폰에 얽매여 살지는 않았나 다시 생각하는 계기가 될 수 있을 것이다.

소감

　글을 쓰고 내가 쓴 글을 다시 읽으며 생각을 정리하는 시간을 가졌다. 글 쓰는 실력이 조금 더 성장한 것 같고 지루한 것 같기만 하던 글쓰기 시간도 이번 경험을 통해 긍정적으로 바뀐 것 같다. 작가의 많은 고민으로 만든 작품이 대단하다고 느껴지는 계기가 되었다. 내가 쓴 글이 책으로 만들어지는 경험이 결코 쉬운 일이 아니라는 것을 깨달았고, 책에 내 이름과 글이 실린다는 것이 신기하고 감사한 기회인 것 같다.

단아의
글모음

작가 소개

권단아

동촌중학교에 재학 중이다.
소설책을 주로 읽는다.
글쓰기는 익숙하지 않지만
열심히 해볼 것이다.
해리포터 시리즈를 좋아하며,
친구들과 함께하는 것을 좋아한다.
아직 꿈이 없지만 꿈을 찾으려고
노력하는 중이다.

뜻깊은 영화

추석 연휴에 친척들이 다 함께 모여서 영화를 보기로 했다. 나와 사촌 동생은 가족 영화 중에서 보고 싶었지만 어른들이 반대하셨다. 〈탈주〉를 보자고 하셨고, 보기 싫었지만 우리는 어쩔 수 없이 보게 되었다.

탈주가 시작되었다.

북한군이자 주인공인 '규남'이 동료 '동혁'과 함께 탈북을 하려 하였지만 '동혁'이 가는 도중에 발각되고 만다. '규남'은 끝까지 쫓아오는 '현상'을 피해 남한으로 가까스로 와서 '동혁'의 어머니를 만난다. '동혁'이 준비한 목걸이를 '동혁'의 어머니께 드리고 '동혁'은 북한에서 잘 살고 있다는 거짓말을 해 어머니를 안심시키고, '규남'이 자유롭게 살아간다는 내용이다.

"죽어도 내가 죽고, 살아도 내가 산다."

'규남'의 이 대사가 가장 인상 깊게 다가왔다. 자신이 죽는 한이 있더라도 자유롭게 살고 싶다는 꿈을 이룬다는 주인공의 가치관이 잘 나와 있는 대사라고 생각된다. 그리고 그가 남한의 경계선을 넘었을 때, '현상'이 한 마지막 인사도 기억난다.

"가라, 가서 마음껏 실패하라."

지금까지 와서 수고했고, 네 꿈을 이뤘으니 마음껏 즐기라는 생각이 들었다. 짧은 말에 매우 다양한 뜻이 담겨 있는 게 흥미로웠다.

〈탈주〉를 본 이후 북한의 피 튀기고 어두운 모습을 더욱 자세히 알게 되었다. 내가 남한에서 하고 싶은 것을 하며 자유롭게 살아가는 것이 정말 소중하고 귀한 것이라는 것과 '자유라는 권한은 당연한 것이 아니다'라는 교훈을 얻게 되었다. 많은 깨달음을 많이 준 〈탈주〉라는 영화를 볼 수 있게 해 주신 큰아빠와 큰엄마에게 감사함을 느꼈다. 지금부터는 색안경을 버리고 다양한 장르의 영화도 보아야겠다.

아름다운 바깥 세상

 초등학생 때, 핸드폰을 잃어버린 일이 생각난다. 고가의 귀중품을 잃어버렸다는 생각과 내 물건을 제대로 간수하지 못하여 아버지께 꾸중을 들을 생각을 하니 너무나도 아찔했다. 계속 핸드폰을 찾았지만, 핸드폰은 보이지 않았다. 누가 내 핸드폰을 가져가면 어떻게 해야 하지? 불안한 상상을 계속하며 집에 돌아갔다.

 "핸드폰을 잃어버렸어요."

 "너는 네 물건 하나를 간수 못하니?"

 부모님께서 혼을 내셨다. 아버지는 내일 등교하면 학교에서 찾아 보라고 하셨다. 핸드폰을 잃어버리고 싶지 않았지만 잃어버린 나는 매우 속상했다. 속상한 마음을 뒤로 한 채, 잠을 청했다.

 이튿날, 속상한 기분으로 학교를 가는 중이었다.

평소 신경 쓰지 않았던 바람 소리가 그날따라 아름답고 기분 좋게 들렸다. 등교할 때마다 매번 듣는 소리지만, 더욱 특별하게 들린 것이다. 학교에 도착할 때쯤, 이런 생각이 들었다.

자연은 영원하지 않다.

그 소중한 자연이 계속 파괴되어 가는 것을 잊으면서 매일 집에 틀어박혀 핸드폰만 보던 내가 실망스러웠다.

핸드폰을 찾았다.

어제 교실 서랍에 놔두고 갔던 것이다. 바로 아버지께 전화해서 이 사실을 알렸다.

"다음부터 조심하고 다녀!"

하시고는 아버지는 전화를 끊으셨다. 핸드폰을 찾았다는 생각에 안심하는 순간 심장이 푹 가라앉았다.

그날 이후, 나는 물건을 더욱 잘 챙기는 습관이 생겼다. 무엇보다 이 경험은 자연에 관심이 없던 내가 자연의 소중함과 아름다움을 알게 된 큰 계기가 되었다.

꿈을 찾아가게 된 큰 계기

국가대표들이 꿈 하나만을 보고 매일 열심히 그 길만 보고 목
표를 향해서 달리고 있다는 사실이 매우 놀라웠다. 영상에 나온
국가대표 분들은 아침에 일어나서 밥을 먹고, 운동을 하고, 또
다시 밥을 먹고, 계속 운동하고 누우면 다음 날 아침 알람을 듣
고 또다시 견디며 운동을 했다. 육체적으로 매우 힘들고, 정신
적으로 고통스럽다는 것이 영상으로도 느껴졌다.

유도 부문에서 작은 체구의 한 선수가 '작은 고추가 맵다'는
옛말처럼 힘이 매우 강하였다. 그 모습이 너무 멋지게 보였다.
하키공은 매우 빠르게 날아간다. 그래서 하키 선수들은 수시로
부상을 입는다고 한다. 매일 부상을 당하면서까지 연습을 계속
하고, 부상을 입지 않은 날은 운동을 하지 않은 것과 같다는 어
떤 한 선수 말에 마음이 아팠다.

"몸이 찢어지는 한이 있더라도 괜찮아."

"할 수 있어, 힘들지 않아."

긍정적인 생각으로 고된 훈련을 이겨내는 것을 보며 그들의 정신력이 얼마나 강한 것인지 영상으로도 보였다. 선수들이 죽기 살기로 훈련하여 꿈에 가까이 가는 것을 보며, 나 자신을 돌아보게 되었다. 나도 내가 현재 해야 하는 공부를 열심히 하며 내가 하고 싶은 것, 좋아하는 것을 찾아 나의 미래를 형형색색 아름답고 밝게 채워가는 매일을 살아가고 싶다.

책이 주는 선물

초등학교 고학년 때부터 책 읽기를 자주, 많이 했다. 5학년 때는 『who?』 인물 책을 많이 읽었고, 6학년 때는 소설책을 자주 읽으면서 점점 책이 좋아지기 시작했다. 책을 읽기 시작한 후부터 표현력이 더욱 다양해졌고, 단어의 종류를 더욱 풍부하게 알게 되었다. 독서가 나에게 지식과 취미 생활을 준 것이다.

문학 작품을 읽은 후, 나는 다양한 소설책을 찾기 시작했다. 초등학교 도서관은 소규모였기 때문에 재미있는 소설책은 많이 없었지만, 그래도 그 책 사이사이에 꼭꼭 숨어있는 책을 숨바꼭질하듯 찾아내는 재미가 있었다. 먼저 책 제목을 보고, 내용을 예상해 보며 마음에 드는 제목을 찾으면, 책 표지와 목차를 본 후, 재미있을지 생각해 보았다. 그렇게 한 권, 두 권 읽다 보니 어느새 다독을 하게 되었다.

많은 책을 읽다 보니 풍부한 감정 단어를 알게 되었고, 책 속의 주인공에게 공감하는 능력이 늘어났다. 주인공에게 공감하다 보니 다른 친구들의 감정과 생각에 더 많이 공감하게 되었다.

"나였어도 그랬을 것 같아!"

그러면서 친구와의 사이도 더욱 긴밀해졌다. 책이 나에게 표현력과 지식, 친구와의 긴밀한 사이 등을 선물로 준 것이다.

책은 우리 인생에 있어서 꼭 필요한 존재이다. 다른 사람들도 책이 주는 다양한 선물을 받으면 좋겠다. 내가 책에서 배운 공감이라는 능력과 다양한 표현력을 아직 얻지 못한 사람이 우리 사회에는 많이 있다. 사람들은 고등학생이 되면 입시 때문에 다양한 지식을 얻을 시간이 없으니, 고등학교에 가기 전에, 책을 꼭 많이 읽고 가라는 충고를 해준다. 어른이 되어서도 책을 읽지 않아서 평생 책이 주는 다양한 능력을 얻지 못하는 사람들이 많다. 책이 주는 다양한 선물을 열어보지도 않는 사람들이 안타깝게 느껴진다.

처음에는 내용 구성을 어떻게 해야 할지 생각이 많았다.

처음 쓴 글과 비교해 보니

점점 글의 내용이 탄탄해지는 것을 느낄 수 있었고,

성장해 가는 나를 보는 과정이 뿌듯하고 좋았다.

익숙하지 않던 내가 점점 발전되어 가는 것을 보니 보람찼다.

소연이의
글모음

임소연

임소연

밝고 열정 넘치는 중학교 1학년 학생.
작년 8월쯤 책 읽는 즐거움에 빠지면서
자연스럽게 글쓰기도 시작하게 되었다.
글을 쓰는 동안 과거의 나를 돌아보고,
그때 느꼈던 감정들을 다시 마주하며
나 자신을 더 깊이 이해할 수 있었다.
앞으로도 글쓰기를 통해 나를 알아가고
좋은 책을 읽으며 다양한 글을 써 가고 싶다.

가장 친한 사람, 가장 무서운 사람

　중간고사 때 나름대로 나만의 공부법을 깨달은 나는 이번 기말고사 준비를 더 일찍 시작했다. 문제도 더 많이 풀고 학원에서도 늦은 시간까지 남아서 열심히 공부했다. 그런데 시험이 끝나고 보니 잘 못 본 것 같은 느낌이 들었다. 엄마한테 잘 못 본 것 같다고 속상해하며 말했지만, 돌아오는 대답은 잔소리였다.

　엄마는 자기 경험을 바탕으로 한 조언인지, 잔소리인지, 구분이 안 가는 말을 늘어놓았다.

　속상한 마음에 나는 울면서 소리쳤다.

　"그냥 위로 좀 해줄 수는 없어?"

　이제 와서 생각해 보니 나는 그때 위로가 절실히 필요했나 보다. 엄마는 나랑 가장 가까운 사람인데 내가 필요했던 위로보다는 나에게 상처만 되는 그런 말만 뱉어내야 했던 걸까. 위로가 뭐 그렇게 어렵다고 그걸 안 해줬던 걸까.

엄마랑 안 싸우는 날이 더 적다고 말할 수 있을 만큼 자주 싸웠지만 내가 이렇게까지 상처를 받은 적은 없었다. 이튿날, 엄마는 카톡으로 사과를 하셨다. 정말 받아주기 싫어서 그냥 무시했다. 집에서 만났을 때 또 다른 사과의 말은 없었다. 그 이후로 지금까지 평소처럼 쭉 지내고 있다. 싸울 때마다 항상 이렇게 흐지부지 끝나버렸다.

모녀지간, 특히 나처럼 아직 청소년인 자녀와 부모는 절대 평생 무시하며 살 수는 없는 관계이다. 이걸 다행이라고 해야 할지 불만이라고 해야 할지 모르겠다. 평상시처럼 서로 장난치면서 지내고 있지만 내 마음 저 깊은 곳 어딘가에는 아직 이 일이 딱딱하게 굳은 채로 남아 있는지도 모르겠다. 크고 작게 싸울 때마다 받은 상처들이 쌓여있는 것도 같다.

이 글을 쓰는 도중에도 갑자기 울컥하는 걸 보면 내 마음이 완전히 풀린 것은 아닌 게 분명하다. 그렇다고 꽤 지난 일을 다시 가져오는 것도 이상하다. 그냥 이대로 살아가는 게 가장 편한 방법일까?

엄마는 나의 가장 친한 친구임과 동시에 내가 가장 무서워하는 존재이다. 내 일상을 다 말하는 정말 친한 친구지만 엄마에게서 짜증의 말투가 나오는 순간 언제 또 화를 내려나, 내가 또 뭘 잘못했을까 등 온통 부정적인 생각들이 떠오르며 감정만 심하게 상한다.

이 글을 쓰면서 내가 엄마에게 느끼고 있는 감정이 명확해졌다. 하지만 나중에 이런 비슷한 상황이 생기면 어떻게 해야 할지는 아직 모르겠다. 회피는 그만하며 살아가고 싶지만 그게 쉽지만은 않다.

내가 버리고 싶은 습관

나는 모든 걸 아무 대책 없이 미루는 경향이 있다. 항상 할 일들을 중요한 순서대로 계획하여 실행해야 한다는 엄마의 말을 한 번도 따라본 적이 없다. 항상 내가 좋아하는 일, 내가 하고 싶은 일들을 우선적으로 하고 나서야 겨우 할 일을 시작한다. 사실 그마저도 잘 하지 않는다. 항상 이튿날 학원이 2개나 있다는 사실을 가장 잘 알면서도 안 하다가 잠들어버린다. 숙제를 완벽하게 완료해 본 적은 손에 꼽을 수 있을 정도이다.

그때의 나는, 그냥 하는 중인 이 일이 너무 재밌어서 다른 생각들은 머릿속에서 사라진 상태로 하던 것만 계속하고 있었던 것 같다. 그러고는 그 다음날 선생님께 한 소리씩 듣는다. 그 말들이 익숙해져서인지, 크게 혼나지 않아서인지 이 습관은 고쳐지지 않는다.

사회 수행평가를 보충해야 했던 주말, 끝까지 안 하고 미루다가 월요일 새벽 4시까지 하다가 잔 적도 있다. '하루하루 일기 쓰기' 앱은 3일 쓰고 잊고 있다가 2주 후에 발견하여 그대로 지웠다. 새해에 다이어리 쓰자고 다짐한 건 2달도 채 못 쓰고 8개월 동안 방치된 후에 발견했다. 학원 숙제는 하기 싫어서 미룬다고 해도 다이어리나 일기 쓰기는 내가 하고 싶어서 하는 것인데도 불구하고 미뤄버렸다.

거의 항상 해야 하는 일을 미루지만 특히 내 기분이 안 좋을 때 더 안 하게 되는 것 같다. 그럴 때는 할 일뿐만 아니라 아예 아무것도 안 해버린다. 그래서 아무리 안 좋은 일이 있어도 할 일은 꾸준히 하는 친구들을 보면 정말 대단하다고 늘 느낀다.

이 글을 쓰면서 앞으로는 해야 할 일부터 먼저 해봐야겠다고 다짐해 본다. 어떻게 해서든 다음날 숙제부터 끝내고 내가 하고 싶은 일은 늦게 자든 밤을 새든, 할 일을 끝내고 한 후 해야겠다. 아무 생각 없이 일을 미루는 습관은 정말 버리고 싶다. 오래 걸리더라도 꼭 고치고 싶다.

핸드폰에서 벗어난다면

만약 핸드폰이 사라진다면 불편한 점이 많을 것이다. 연락도 못 하고 평소 하던 SNS도 전혀 못 할 것이다. CD로 듣는 것이 아니라면 노래도 못 듣는다. 하지만 이것들만 빼면 좋은 점이 더 많지 않을까?

내가 하루에 핸드폰을 하는 시간이 아예 빠지기 때문에 그만큼의 시간이 나에게 주어지는 기분일 것이다. 그 시간 동안 나는 많은 것을 할 수 있을 것이다. 하기 싫지만 심심해서라도 숙제를 할 것이다. 그러면 학원 선생님들께 칭찬도 받고 기분도 좋아질 것 같다. 그리고 피곤해서 꿈도 못 꾸던 취미 생활들을 평일에도 충분히 할 수 있을 것 같다. 그림도 그리고 책도 더 많이 읽고 그때그때 필사도 하면서 평소에 하고 싶었던 활동들을 해볼 수 있는 기회가 될지도 모른다. 원래는 책의 좋은 문구에

표시만 해두고 바빠서 필사할 분량이 밀리는 바람에 필사를 한 번에 몰아서 했었는데, 핸드폰을 사용하지 않는다면 그때그때 할 수 있을 것이다. 전보다 드럼 연습도 더 많이 하여 앞으로 있을 공연을 더 퀄리티 있게 만들 수 있을 것 같다. 피곤해서 주말에조차 하지 않던 일들을 평일에 시간 내서 할 수 있으면 너무 좋을 것 같다. 그리고 친구들이랑 약속도 많이 잡아서 주말에 야외 생활을 하는 횟수가 늘어날 것 같다. 자주 나가는 것이 집에만 있는 것보다는 훨씬 좋을 것이다.

무엇보다도 아무 생각 없이 핸드폰만 보고 있던 시간에 생각을 더 하게 될 것 같다. 내일 할 일 생각, 나에 대한 생각 등등 여러 가지 생각들을 하면서 좀 차분해질 것 같다. 매일 정신 없이 할 일들을 다 잊어서 횡설수설하는 경우도 줄어들 것 같다. 특히 나에 대해서 생각할 시간이 많아지면 내 미래나 진로에 대해 더 깊게 고민해 볼 수 있는 좋은 기회가 생길 것 같다. 항상 학원 다녀오면 피곤하니까 누워서 핸드폰만 했었는데 핸드폰이 사라지면 좀 더 생산적인 일들을 할 수 있을 것 같다.

이렇게 글을 쓰고 나니 실제로 핸드폰이 없어져도 나쁘지 않을 것 같다는 생각이 든다. 오히려 좋은 점이 더 많을지도 모르겠다. 기회가 된다면 실제로 핸드폰 안 쓰고 일주일이라도 살아 보고 싶다. 사실 이렇게 해 놓고 또 집에 가면 할 일을 안 하는 모습이 눈에 훤히 보인다. 습관을 바꾸는 것은 매우 쉽지 않다.

지금 나는 무엇을 하고 있을까?

국가대표 선수들의 훈련 영상을 보고 나니 초등학교 때 나갔던 피아노 콩쿠르가 생각났다. 물론 국가대표 선수들만큼은 아니지만 나름대로 열심히 연습했던 기억이 있다. 콩쿠르 준비를 시작했을 때부터 평일에는 매일 한 시간씩 하루도 빠짐없이 연습했다. 주말에는 집에 있는 피아노로 연습하며 그렇게 4~5개월을 보냈다. 조금 힘들기는 했지만, 워낙 피아노 연주하는 것을 좋아했기에 즐기며 열심히 연습했다.

그런데 이 영상을 본 지금 나는 노력하고 있는 것이 없다. 누군가가 나에게 '현재 최선을 다해서 좋은 성과를 내기 위해 열심히 하는 것이 있는가?'라고 묻는다면 내 대답은 '없다'이다. 정말 다양한 핑계를 대며 안 하고 피하기만 했다.

국가대표 선수들은 정말 모두 열심히 훈련한다. 멀리뛰기 선수들은 올림픽에서의 기술을 발휘하는 시간이 고작 1초도 채 되지 않지만, 그 짧은 순간을 위해 죽도록 노력한다. 하키 선수들은 공과 하키채에 계속 맞아 부상을 입으면서도, 잠깐의 치료 후 다시 일어나 훈련에 복귀한다.

이 선수들 모두가 항상 좋은 성과만 내며 선수 생활을 하지는 않았을 것이다. 올림픽 출전까지 열심히 노력했지만 나가지 못하게 되었을 수도 있고, 올림픽에서 좋은 성과를 내지 못했을 수도 있다. 이 부분에서 또다시 과거의 내 생각이 떠올랐다.

초등학교 때 나는 전교 학생회 임원이 되고 싶어서 도전했던 기억이 있다. 5학년 2학기 때 선거에 처음으로 출마했다. 하지만 결과는 좋지 않았고 나는 절망에 빠졌다. 얼마 후 방송부 면접에도 도전했지만 떨어졌다. 하루 종일 울었을 정도로 정말 속상했다. 이듬 해, 6학년 전교 여부회장으로 또다시 출마했지만, 결과는 같았다. 그리고 6학년 2학기, 마지막으로 6학년 전교 여부회장으로 다시 출마했고 마침내 당선되었다. 오랜 도전 끝에 당선되어서 그런지 평소보다 훨씬 뿌듯했다.

그리고 올해, 나는 그때의 그 기분을 기억하며 반장 선거와 밴드부 동아리에 도전했다. 열심히 준비한 만큼 반장, 밴드부 둘 다 좋은 결과가 찾아와 주었다. 작년과 재작년, 계속해서 좋지 않은 결과가 있었지만 그럼에도 포기하지 않고 계속 도전한 것에 대한 보상이라고 생각한다.

현재 나에게는 고쳐야 할 부분도 있고 충분히 잘 하고 있는 부분도 있다고 생각한다. 앞으로 조금 부족한 부분은 채워 나갈 것이고 잘 하고 있는 부분은 유지하며 더 발전해 나갈 것이다. 항상 내가 선택한 일에서 최선을 다하며 앞으로 나아가고 싶다.

새로 생긴 소중한 시간

불과 3개월 전까지만 해도 책을 아예 읽지 않았다. 책을 펼쳐 본 기억이 없다. 하지만 지금은 조금 달라졌다.

시작은 학교 도서관에서 운영하는 독서 프로그램이었다. 담임 선생님의 강력한 추천으로 시작하게 되었다. 정말 거의 1~2년 만에 책을 읽는 것이라 처음에는 적응이 잘 되지 않았다. 사실 프로그램에 성실하게 참여하지 못했다. 하지만 그 기회를 통해 안 읽던 책을 다시 들게 되었고, 프로그램 이후로도 쭉 읽고 있다. 이제는 무엇보다도 소중한 취미가 되었다.

교보문고에 가서 여러 가지 책을 살펴보며 재미있어 보이는 책을 고르는 시간이 너무 소중해졌다. 더 간편하게 책을 읽을 수 있는 독서 용품들을 사 모으는 것도 좋다. 여러 가지 인덱스를 모으고 인상 깊은 문장에 하나하나 붙이는 것도 너무 재미있다. 읽던 책을 다 읽고 나서 붙어 있는 인덱스들을 보면 너무 뿌듯하다. 그리고 그 책에서 드는 생각들을 독후감이나 짧은 글로 표현하는 시간도 좋다.

물론 이런 것들도 너무 소중하지만, 특히 책의 내용이 너무 재미있고 좋다. 한 사건이 발단부터 점점 절정으로 들어가는 과정이 너무 새롭고 재미있다. 다 읽으면 어떤 책은 머리가 복잡해지면서 생각이 많아지기도 하고, 어떤 책은 눈물이 멈추지 않을 정도로 슬프기도 하다. 어떤 책은 그 특유의 감성이 너무 좋아 잠시 푹 빠져있기도 한다. 상상 속 세상에 푹 빠져들게 만드는 책도 있고, 나에게 큰 위로를 전해주는 책도 있다. 책마다 가지고 있는 특징이 모두 너무 매력적이다. 그 책을 읽음으로써 잠시라도 책 내용에 대해 생각하게 되는 것 또한 좋다.

책은 지금 나에게 정말 소중한 취미이다. 재미도 있으면서 글을 읽는 실력도 좋아지고 생각할 수 있는 시간도 늘어난다. 정말 좋은 점만 가득하다. 김종원 작가의 『너에게 주는 단단한 말』이라는 책의 '독서와 글쓰기는 취미가 아닌 생존이다.'라는 문장이 기억에 남는다. 이 글귀를 항상 마음에 새기면서 독서라는 취미를 손에서 놓지 않고 싶다.

소감

　평소 글쓰기를 자주 해보지 않아서 글쓰기와 퇴고 과정이 쉽지 않았지만, 이번 경험을 통해 내가 한걸음 더 성장할 수 있었다. 앞으로도 글을 쓸 기회가 생긴다면 적극적으로 참여하고 싶다.

　7주 동안 다양한 주제로 글을 쓰면서, 글쓰기가 나에게 얼마나 큰 도움이 되는지 알게 되었다. 어떠한 일을 글로 표현하기 위해 한 번 더 생각하고, 그 생각을 정리하며 나 자신을 돌아볼 수 있었다. 또한 그 일을 더 깊이 이해할 수 있는 소중한 시간이 되었다.

윤서의
글모음

황윤서

황윤서

동촌중학교를 다니고 있다.
책 읽는 것은 싫어하지만
글 쓰는 것은 좋아한다.
이 활동 덕분에 글 쓰는 것이
더 좋아졌다.

나의 빛나는 10대의 청춘

예린이와 싸워봤자 사소한 싸움밖에 없었고, 그 싸움도 빨리 풀었는데 처음으로 크게 싸웠다. 그 친구와 나는 7년 지기이다. 그만큼 서로에 대해 정말 잘 알고, 서로에 대한 믿음이 컸다. 아침마다 예린이와 나는 매일 같이 등교했다.

그날도 다른 날과 똑같이 분주하게 준비하고 있었는데 갑자기 예린이에게서 전화가 왔다.

"윤서야. 나 친구들이랑 가기로 해서 미안."

'얘는 나를 친구로 생각하지 않는 걸까?'라는 생각에 학교가 끝나자마자 혼자 집에 와버렸다. 그랬더니 예린이가 찾아왔다.

"화나는 게 있으면 말을 해야지. 그래야 내가 풀어주든지 하지."

사과는 못 할 망정 화만 내는 예린이의 말에 나는 너무 화가 났다.

"너는 진짜, 아니다. 나중에 이야기하자. 지금 계속 이야기하다가 너랑 친구로도 못 남을 것 같아."

오래 본 만큼 예린이에 대한 상실감이 큰 나는 '예린이가 이제 나를 싫어하나?'라는 생각에 배신감이 들었고 속도 상했다.

이튿날은 동아리 전일제였다. 동아리에서 여러 가지 재미있는 것을 많이 했는데도 그 많은 재밌는 걸 하면서도 '예린이랑 놀면 재밌겠다.'라는 생각만 들었다. 그만큼 내가 예린이를 소중히 여기고 다른 친구들보다 더더욱 좋아했다는 걸 깨달았다.

학원에서 예린이와 마주쳤다. 어떻게 해야 할지 몰라 로봇처럼 뚝딱거리고 있었을 때였다. 예린이가 먼저 다가왔다.

"우리 계속 이렇게 지낼 순 없으니깐 저녁에 이야기 좀 하자."

새가 지저귀는 소리와 바람부는 소리가 들리는 조용한 저녁이었다. 긴장감에 나는 괜히 손을 조물딱거리고 있었다. 어색했지만 7년 지기 아니랄까 봐 예린이가 금방 말을 꺼냈다.

"하루 안 본 사이에 네가 너무 보고 싶었다. 안 본 사이에 할 이야기가 넘치도록 많아졌다."

어색한 분위기를 풀어가며 이야기를 이어갔다. 예린이가 물었다.

"뭐 때문에 화가 난 거야?"

나는 예린이의 떨리는 눈을 모르는 척하고 차분하게 예린이의 눈을 바라보며 말을 했다.

"사실 나 그때 너무 속상했었어. 네가 나를 친구로 생각하지 않은 것 같다는 생각 때문에 두려웠고. 그런데 시간이 지나고 보니까, 내가 너무 내 생각만 하고 내 입장만 생각한 거 같더라."

"나는 네가 그렇게 생각할 줄 몰랐어. 미안해. 근데 나는 그날 학교 끝나고 너랑 이야기도 할 겸 아이스크림 같이 먹자고 같이 가자는 거였는데, 네가 말도 없이 먼저 가버려서 속상했어."

"그랬구나. 나는 그런 줄도 모르고 내 마음이 앞서서 먼저 가버린 것 같아. 미안해."

우리는 이날 다짐했다. 싸우더라도 서로 속상하거나 화나는 게 있으면 바로 말해 주기로. 이 경험을 통해, 그리고 예린이가 있었기에 내 10대의 청춘이 더욱 빛나고, 웃음과 슬픔으로 가득 찰 수 있었다. 서로의 생각을 이해하고, 서로의 입장도 존중하자는 약속을 지킬 것이기에 우리의 우정을 앞으로도 계속 돈독해질 것이다.

성장통

　나의 욕심, 욕심 하나 때문에 두 친구를 잃었던 적이 있다. 유치원 시절 나는 두 명의 친구와 삼총사처럼 같이 친하게 지냈었다.

　어느 날 두 친구가 싸웠을 때 나는 울면서 둘 모두의 편을 들어주었다. 무슨 문제인지 모르겠지만 그 상황이 혼란스럽기보다는 좋았던 거 같기도 하다. 왜냐고? 나에게 두 친구가 의지했기 때문이었던 것 같다. 그 둘이 나에게 의지할수록 친구들 사이에서 내가 중심이 된 것 같은 생각 때문에 좋았다.

　지금 생각해 보면 두 친구의 싸움도 내가 만든 것 같다. 다투던 두 친구는 혼란스러워서 울었다. 그 나이에 처음 경험한 혼란이었던 걸까? 정말 갓 태어난 신생아처럼 숨이 넘어갈 정도로 울었다. 그때의 기분이 아직도 생생하다. 두 친구가 화해하려고 하면 두 친구가 나를 찾지 않을 것 같은 질투심 때문에 서로에 대해 헐뜯을 수 있는 좋지 않은 말들을 거짓으로 지어내어 전했다. 그 말들을 전해 들었을 때 친구들은 얼마나 막막했을까? 그리고 나의 행동을 친구들이 알았다면 어떤 기분이 들었을까? 내가 그 두 친구의 입장이 된다면 너무 힘들고 배신감이 들었을 것 같다. 가장 믿었던 친구에게 배신을 당한다면 너무 비참하기 때문이다. 지금의 나라면 상상도 하지 못할 행동이다.

그땐 어리고도 어린 내 생각이 매우 부족하고 모자랐던 것일 테다. 잠깐이지만 오래 기억에 남은 그 경험을 계기로 나는 어떤 일이 발생하면 '상대방이 그 사실을 알았다면 어떤 기분이 들까?'를 먼저 생각하는 습관이 생겼다. 상대방의 입장에 대해 생각하는 연습을 하고, 소중한 친구를 두 번 다시 잃지 않게 친구의 입장이나 상황을 더더욱 생각해야겠다는 다짐 또한 하고 있다. 그래서 지금의 나는 그때 생각이나 행동 모두가 어렸을 때 성장통을 겪는 것처럼 어렸던 나로부터 성장하여 다른 사람의 입장과 생각을 좀 더 존중하는 태도가 점점 성숙해지고 있다. 어릴 때 철부지 같은 행동과 그 행동에 대한 반성들이 모여 지금의 내가 되었다는 생각이 든다.

어느덧 훌쩍 커버린 나이, 14년 인생의 작은 꽃이 피어났다. 이런 작은 꽃들이 모이고 모여 꽃다발을 만드는 것처럼 예전보다 훨씬 성장한 나의 삶에도 추억과 경험이 모이고 모여 앞으로도 계속 성장할 나의 삶이 만들어져 가고 있다.

핸드폰을 압수당하면 생기는 일

내가 초등학교 2학년 때 일이다. 그날은 친구와 밤에도 계속 통화를 하고 있었다. 계속 통화를 하자 분노가 가득 찬 얼굴로 엄마가 말했다.

"윤서야, 핸드폰 그만하고 빨리 자라!"

"어어, 이제 잘게."

친구와 통화를 더 하고 싶은 마음에 엄마에게 거짓말을 하고 몰래 통화를 이어갔다. 묘한 긴장감이 돌고 있을 때였다.

"야야, 너 뒤에 귀신!"

"꺄아악!"

친구가 친 장난 때문에 나는 깜짝 놀라 소리를 질러 버렸고 결국 엄마에게 핸드폰을 뺏겼다. 속상하고 분한 마음에 문을 쾅 닫았다. 그 소리에 엄마는 문 앞으로 다가왔다.

"야, 황윤서. 문 열어."

"바… 바람 때문에 닫힌 거야."

나는 괜히 쫓아서 무서운 직장 상사에게 혼나는 신입 직원처럼 찍소리하지 못하고 조용히 잠에 들었다.

이튿날 나의 심심함과 지루함을 모른다는 듯이 시간은 너무나 느리게 흘렀다. 너무 심심한 나머지 친구에게 놀자고 하였다. 어렸을 때 많이 했던 술래잡기, 하늘과 땅처럼 몸으로 할 수 있는 여러 가지 놀이를 하면서 '아, 핸드폰이 없어도 재밌게 놀 수 있구나.'라는 생각이 들었다.

친구와 다 놀고 집으로 돌아왔을 땐 핸드폰이 책상 위에 놓여 있었다. 핸드폰을 보니 '핸드폰 없어도 잘 놀 것 같아!'라는 생각과 '핸드폰 없이 할 수 있는 게 뭐 또 무엇이 있을까?'라는 생각이 들었다. 이런 경험 덕분에 요즘에는 자주 핸드폰 없이 친구와 대화하는 시간이 많아졌다. 처음에는 '핸드폰이 없어서 불편해.', '핸드폰이 없어서 너무 심심해.'라는 부정적인 생각만 들었다. 하지만 곧 '핸드폰이 없으니 내가 하지 않았던 책 읽기와 방 정리를 하게 되는 좋은 점이 있었구나!'라는 긍정적인 생각이 들었다.

지금은 핸드폰이 없으면 안 될 존재지만, 친구와 같이 놀 수 있는 것이 수만 가지임을 알기 때문에 핸드폰 없는 날의 자유를 즐기며 만끽할 수 있기를 기대해 본다.

꿈을 이루기 위한 노력

국가대표의 연습 과정을 수업시간에 보고 국가대표 선수들의 위대함을 다시 한번 느끼게 되었다. 선수들은 새벽부터 나와서 훈련하고 부상이 있음에도 불구하고 계속 도전하였다. 열심히 훈련하면서 자신이 원하는 꿈을 위해 노력하는 모습이 인상 깊었다. 또 감독과 코치로부터 꾸중을 들으면서까지 훈련에 임하는 모습이 정말 대단해 보였다.

스스로 느끼는 부족한 점을 훈련을 통해 빈틈없는 모습을 보여주려는 선수들의 모습은 정말 멋있어 보였다. 하지만 한편으로는 원인을 알 수 없는 안쓰러움도 느껴졌다. 왜냐하면 열심히 하는 선수들이 작은 실수만 해도 "저 선수는 좀 부족하구나."라는 말과 함께 선수를 매섭게 노려보는 일부 시청자의 시선을 느꼈기 때문이다.

토요일부터 시작된 선수들의 힘들고도 힘든 훈련이 오후까지 계속, 계속 이어졌다. 포기하고 싶어도 승부에서 패배한다는 생각과 자신의 꿈을 포기해야 된다는 막막함 때문에 포기를 못 하는 것도 있을 것이다. 하지만 이 영상에 나오는 선수들은 자신의 꿈에 도달하기 위해 훈련하고 또 훈련한다. 자신의 목표를 이루기 위해 계속 노력하는 영상의 선수들은 자신의 목표인 우승을 꿈으로 이루기 위해 노력한다.

　국가대표 선수들의 훈련 과정을 보니 내가 초등학교 5학년 때 약 한 달간 클라이밍했을 때가 떠오른다. 나는 높이 올라가려고 했는데 실수로 그만 블록 하나를 놓쳐 떨어졌다. 너무 속상해서 그만하고 싶다는 생각이 들었지만, 실수 하나로 떨어진 내가 너무 바보 같았기에 포기하지 않고 클라이밍에 다시 도전했다. 그 결과 성공하였다. 그 경험을 토대로 나는 나의 꿈을 위해 노력하고 나의 꿈을 빛내기 위해 열심히 또 노력한다. 마음만은 국가대표인 나는 꿈을 위해 한 번 더 다짐해 본다.

다 같이 살아가는 세상

나의 삶은 동화 같을 줄 알았다.

백설공주가 독이 든 사과를 먹었을 때 왕자가 와서 공주에게 진심이 담긴 키스로 구해주는 상상은 누구나 다 해보았을 것이다. 아니면 신데렐라처럼 마지막에 왕자와 결혼하여 하하 호호 지내는 세상 말이다. 하지만 우리 대부분의 삶은 동화 같은 삶이 아닌 동화 같은 삶을 원하는, 그저 평범한 삶이다. 동화처럼 왕자가 도와주는 삶이 아닌 나 스스로 살아가야 하는 삶이다.

하지만 평범한 우리의 삶은 나 혼자 살아가는 세상이 아니라 다 같이 살아가는 세상이다. 다 같이 행복하게 산다고 해도 그 행복이 언제까지 유지될지는 모르겠지만. 우리는 우정 없이 혼자 살아갈 수 없다. 이 세상 모든 것을 가졌다고 해도, 친구가 없는 쓸쓸한 세상을 살아가야 한다면 아무도 그 삶을 원하지 않을 것이다.

　제인 워즈워스의 '우정은 함께 웃고 함께 울며 서로를 지지해 주는 것이다.'라는 말이 있다. 유치원 때 내가 넘어졌을 때 다른 친구들이 나를 일으켜 세워주었다. 이런 경험들이 지금의 나를 만들었다는 생각이 든다. 우리는 혼자 살아가는 세상이 아닌, 세상을 같이 함께 살아가야 한다.

소감

이 활동을 하지 않았을 때는 글을 어떻게 써야 하는지 기본적인 지식도 없었다. 이 7주간의 수업을 통해서 글을 어떻게 써야 하는지 더 잘 알게 되었다. 사실 이전에는 글을 쓰는 게 재미없고 지루했는데 지금은 너무 흥미롭고 재미있다. 좀 더 하고 싶다는 마음이 생기고 글쓰기가 취미가 될 정도로 흥미와 재미를 얻었다.

아라의
글모음

김아라

작가 소개

김아라

취미는 수영, 음악 활동이다.
2025년의 목표는 진로를 확실하게
정하기 그리고 새로운 악기를
배우는 것이다.
독자들이 새로운 시각으로 이 책을
보았으면 해서 열심히 글을 썼다.

겨울 왕국

우리 반 친구가 더위를 많이 먹은 채로 반에 들어왔다. 옷깃을 펄럭이며 땀을 흘리고 있었다.

"얘들아, 더우니까 에어컨 좀 켜자!"

반대하는 애들도 있었지만 친구는 에어컨 온도를 낮추어 켰다. 그때까지는 괜찮았다.

하지만 5교시 시작하고 얼마 되지 않아 추위를 많이 타는 친구들은 춥다고 했다. 하지만 더위를 많이 타는 친구는 에어컨을 끄지 말라고 하였다.

"너네가 잠바를 챙겨와야지~! 지금 여름이야."

솔직히 에어컨을 오래 틀긴 했었다. 수업이 시작된 지 중간쯤 되자 몇몇 친구들은 벌벌 떨고 있었다. 그래도 에어컨을 끄지 않자, 추워하는 친구가 에어컨을 끄자고 말을 했다.

"아, 추워. 이제 좀 에어컨 좀 끄자."

하지만 더워하는 친구는 이번에도 싫다고 했다. 하지만 이번에는 다른 몇몇 친구들도 끄자고 말했다. 그래도 끄지 않았다.

"아, 안돼, 덥다고! 너희가 옷을 챙겨오라고~."

"아니, 에어컨 좀 끄자고!"

두 친구가 인상을 팍팍 쓰며 언성을 점점 높였다. 그러고는 7교시까지 에어컨은 잠깐 잠깐 꺼지긴 했지만 여전히 틀어진 채 학교 수업은 끝났다.

밤에 잠자기 전 오늘 일에 대해 생각해 봤다. 아침에는 에어컨을 틀고 추운 친구는 잠바를 걸치고, 아침 시간이 지나면 에어컨을 끄고 더운 친구는 얼음물이나 미니 선풍기를 가져오면 문제가 해결될 것 같다고 생각했다. 친구들이 잘 이야기를 나눠서 문제가 잘 해결되었으면 좋겠다.

우리 인생에 가장 쓸데없는 것

우리가 버려야 할 것들은 '긴장'이다. 왜냐하면 과한 긴장은 도전을 실패로 만들 수 있기 때문이다. 1학기 때 방송부 지원자를 찾는다는 소식을 들었다. 당시 나는 카메라로 찍는 걸 좋아하였다. 밴드 오디션 못 가게 된 김에 지원해 보자!

"야, 우리 방송부 지원서 쓰러 갈래?"

"그래, 넌 뭐 지원할 꺼임?"

"난 엔지니어."

책상에 팔을 올리고 쭈그려 앉아 지원서를 사각사각 썼다. 그렇게 나는 친구와 함께 엔지니어를 지원하는 종이를 냈다. 쉬는 시간이 끝나는 종이 울렸다.

"어! 야, 종 침!"

"야야, 진정, 진정. 괜찮아. 방송부 지원서 쓰다 늦었다 하면

되잖아? 사실임."

그러고는 친구는 교실로 전력 질주해 뛰어갔다.

"야! 같이 가자고!"

친구는 나를 버리고 먼저 뛰어갔다. 그리고 3일 정도 뒤에 1차 서류 면접에 합격했다. 너무 신나서 같이 합격한 친구와 소리를 질렀다.

"꺄악! 나 1차 합격함!"

"너두? 나두."

그리고 며칠 뒤 2차 면접을 본다고 수업 끝나고 방송실 앞에 모여달라는 문자가 왔다. 잔뜩 긴장한 채로 학교에 갔다.

"오, 생각보다 훨씬 많다."

방송부 선배들이 무전기 같은 걸로 대화를 나누는 모습에 방송부에 더 끌렸다.

"야, 저거 무전기 아니야?"

나는 친구에게 물었다.

"응, 그런 듯. 완전 간지다."

드디어 약속 시간이 됐다.

"여기부터 여기까지 5명 안으로 들어가요."

나 포함 친구까지 5명이 방송실 안으로 들어갔다. 안으로 들어가니 의자가 세로로 5개 있었다. 그리고 옆에는 방음 부스가 있었다. 방송실 안은 서늘하면서 조용했다. 가끔 들리는 기계

소리 말고는 아무 소리도 들리지 않았다. 그래서 더욱 긴장되었다. 부스 안에는 면접을 보는 선배들이 5~6명 쪼르륵 앉아있었다. 첫 번째 친구가 들어갔다. 방음이 되어 있어서 소리가 들리진 않았지만 대기하고 있는 나까지 긴장되는 분위기였다.

나는 세 번째였다. 내 차례가 되어 방송 부스 안으로 들어갔는데 안은 너무 조용했다. 펄럭펄럭 선배들이 종이를 뒷장으로 넘기는 소리만 들렸다. 그래서 더 떨렸다. 한 선배가 인사를 했다.

"안녕하세요."

나는 바로 인사했다.

"어, 안녕하세요."

당황해서 얼굴이 화끈거리고 목소리가 떨렸다. 그것을 숨기려고 노력을 했지만 목소리가 떨리는 건 숨기지 못한 것 같다.

"엔지니어 지원하신 이유는 무엇인가요?"

"무슨 카메라 다룰 수 있나요?"

"방송부에 들어오게 된다면 어떻게 할 건가요?"

제일 앞에 앉은 선배부터 오른쪽으로 차례대로 나에게 질문을 던졌다. 여러 당황스러운 질문들에 대답하느라 정신이 없었다. 멘탈이 반쯤 탈탈 나가 있을 때쯤 중간쯤에 앉아있는 선배가 말했다.

"마지막으로 3분 드릴 테니까 자기 어필 부탁드릴게요."

"네?"

그렇게 선배가 3분 타이머를 틀었고 나는 10초 동안 아무 말도 못 하다가, 그냥 생각나는 대로 뜸 들이며 막 뱉었다.

"어… 방송부 된다면 어… 정말 열심히 할 자신 있고요. 어…."

말하는 거에 반이 '어…' 이 단어였다. 그렇게 해도 30초 정도 남았다. 중간에 있던 선배가 핸드폰 타이머를 멈췄다.

"네, 감사합니다. 나가시면 돼요."

아무리 생각해도 망한 느낌에 기분이 너무 찜찜했다. 속상하기도 하고 부끄럽기도 하고 여러 감정과 생각들이 섞여 터벅터벅 길을 걸었다. 내가 지금 어디로 가고 있는지도 모르겠다. 그냥 이 감정이 날아가길 바라며 계속 걸었다. 그리고 며칠 후 아침 방송으로 합격한 사람을 알려주었다. 내 이름은 불리지 않았다. 나는 절규했다.

"아아악!"

예상한 결과였지만 막상 마주하니 잔인했다. 친구들은 절규하는 나를 보며 웃었다.

"아~, 김아라 봐봐. ㅋ"

애들 눈엔 이게 시트콤으로 보이나. 아오! 진짜. 하지만 하루가 지나니 슬프고 찜찜한 느낌은 있었지만 그런 느낌은 금방 사라졌다. 그리고 멍때리며 생각했다. 긴장감 때문에 실수를 많이 해서 떨어진 것 같아 아쉬움이 남지만, 이번 경험으로 인해 무엇이든 긴장하지 않아야 한다는 것을 알게 됐다. 좋은 경험으로 남을 것 같다.

4년 동안 국가대표의 노력

수업 시간에 본 국가대표 다큐는 좋은 결과는 당연하게 나오지 않는다는 것을 보여준 것 같다. 다쳐도 포기하지 않고 훈련하는 선수분들께 이 말을 전해드리고 싶다.

"가끔 왕창 쌓인 스트레스가 시원하게 풀리도록 노시는 날이 있으시면 좋겠어요."

국가대표 분들만큼의 노력은 아니지만 나도 나름대로 최선을 다해 노력한 적이 있다. 바로 지금이다. 밴드부, 부스 꾸미기, 개인 장기 자랑 등 동호제 준비와 여러 일정들로 바쁘지만 내가 쓴 글이 담긴 책을 가지고 싶어 열심히 글을 쓴다. 가끔은 늦은 밤까지 타닥탁 노트북 치는 소리만 들린다. 일정이 맞지 않아 고생을 해도 글 쓰는 걸 포기하지 않고 열심히 하는 내가 자랑스럽다. 앞으로 더 노력해서 내가 나에게 만족할 수 있도록 할 것이다.

행복과 용기

나는 밴드부에 들어가고 싶어서 초등학교 6학년 때 일부러 유명한 밴드부가 있는 동촌중으로 1지망을 적었다. 솔직히 정말 너무 많이 밴드부가 하고 싶었다. 내가 정말 사랑하는 음악을 무대에서 할 수 있다는 게 너무 욕심났기 때문이다. 밴드부 오디션이 있는 날까지 계속 연습을 했다. 그리고 원하던 학교에 입학하였다.

3월 어느 날, 밴드부 오디션이 있고, 영어실로 모이면 된다는 것을 알게 되었다. 드디어 오디션 날, 나는 용기가 부족해 원하는 밴드부 오디션에 가지 못했다. 스스로가 한심스러웠다. 2학년 때도 오디션 안 가면 난 사람 아니라는 생각으로 2학년이 될 때까지 기다리기로 했다.

그런데 밴드부 추가 모집을 한다는 종이가 보였다.

"헐, 미쳤다! 미쳤다!"

기회라고 생각하고 정말 많이 연습했다. 사람이 많이 올 것 같아서 더 열심히 연습했다. 영어실로 가 오디션을 보게 되었다. 바짝 긴장을 했지만 생각보다 자유로운 밴드부 분위기가 느껴지며 긴장이 조금씩 풀리기 시작했다. 그런데 통기타를 치는데 조금 실수를 했다. 변명 같겠지만, 그 기타가 기종이 다른 기타이다 보니 느낌이 달랐던 것이다. 많이 아쉬웠지만, 2학년도 있다 생각하며 겨우 복잡한 마음을 삼켰다. 오디션이 끝나고 며칠 뒤 합격했다는 말을 들었다.

첫 합주 날, 동호제 곡을 정하고 선생님이 집에서 연습하라고 하셨다. 합주가 끝나고 너무 설레서 그 길로 바로 학원을 가는데도 전혀 발길이 무겁거나 슬프지 않았다. 처음 치는 베이스는 아무것도 모르고, 처음 듣는 음악 용어들을 들으니 부담이 갔다. 하지만 내가 너무 하고 싶었던 것이라서 그런지 힘든건 전혀 모르겠다.

그렇게 신난 상태로 연주했다. 그냥 이렇게 할 수 있다는 게 너무 행복했다. 그러다 이런 행복한 느낌은 말로 다할 수 없을 것 같다는 생각이 들었다. 그래서 이 글을 통해 독자들도 용기를 가지기를 전하고 싶었다.

소감

　7주간 글을 쓰면서 제대로 글 쓰는 방법을 좀 더 잘 알게 되었다. 원래는 책을 1년에 1권 읽을 정도로 책과 거리가 멀었다. 하지만 이번에 글쓰기 활동을 하면서 특히 아이디어를 더 잘 떠올리는 방법을 얻은 것 같아 뿌듯하고, 다시 오지 않을 기회를 잡아서 정말 다행이라 생각한다. 꼭 좋은 글을 써 독자들에게 아주 조금이라도 좋은 영향을 주었으면 좋겠다.

정민이의
글모음

이정민

이정민

나는 운동을 좋아한다.
장래 희망이 아직 정해지진 않았지만
어린이집 선생님을 추천받았다.
과목 중에서 체육을 가장 좋아한다.
취미로는 게임을 즐겨한다.
좋아하는 게임은 발로란트다.

세 가지 규칙

엄마가 갑자기 방으로 들어오셔서 게임을 방해하셨다. 물론 방해하시려고 하신 건 아니겠지만 나에게는 방해가 되었다. 그래서 순간 짜증이 났다.

"왜 갑자기 들어와?"

"미안."

엄마는 곧 방에서 나가셨다. 게임이 끝나고 엄마에게 너무 죄송해서 사과드리기 위해 거실로 나갔다. 엄마께서 TV를 보고 계셨다. 엄마에게 다가가 말했다.

"아깐 순간 짜증이 났어요."

그러자 엄마도 따뜻한 말씀을 해 주셨다.

"괜찮아, 엄마도 갑자기 갑자기 들어가서 미안해. 앞으로는 엄마도 조심할게."

정말 죄송하고 감사했다.

일주일 뒤 학원이 끝나 집으로 왔다. 그리고 집에 와서 밥 먹고 옷을 갈아입은 후 좀 쉬려고 방에 들어갔다. 30분 정도 만화책이랑 소설책을 읽으며 쉬고 게임을 조금만 하려고 컴퓨터를 켰다. 한 시간 정도 지나서 엄마가 들어왔다. 엄마가 "게임 하니? 양말 두러 온 거야."라고 말하시고 나가셨다.

30분 정도가 더 지나고 나는 게임을 끄고 거실로 나갔다. 엄마가 거실에 없으시길래 물 먹고 씻으려고 했다.

"이제 게임 그만하자. 엄마 화나서 들어가셨어."

아빠가 말씀하셨다.

화가 나셨으면 그냥 나한테 이제 잘까? 말씀을 해주시면 모두가 기분 좋을 텐데. 누나는 이해해 주고, 항상 누나 기분 생각하며 말씀해 주셨으면서, 내 사춘기는 왜 이해를 안 해주시나? 가족들은 나를 이해해 주지 않는데 왜 항상 나만 우리 가족을 이해해야 하지?

순간 온갖 생각이 다 들었다. 그렇게 게임을 하면서 눈치를 봐야 하나? 학원 끝나고 와서 한두 시간 했는데 꼭 그런 짜증을 내가 받아야 하는 이유가 있나? 그때 정말 부모님의 말씀이 너무 듣기 싫었다. 그런 짜증을 참고 씻었다. 그리고 방에 와서 머리 말리고 침대에 누워 잠에 들었다.

다음날도 학원을 끝나고 집에 돌아와 똑같이 밥 먹고, 옷 갈아입고, 책 읽고 또 게임하는 걸 반복했다. 5일 동안 그걸 비슷하게 반복했다. 뭐 5일 내내 혼난 건 아니지만 가끔 혼났다. 다 똑같은 이유였다. 결국에는 부모님과 이야기를 하기 위해 부모님을 거실에 모셨다. 합의점을 찾는 건 쉬운 일이 아니었다. 내가 게임할 때 부모님이 들어온 것과 같이 평소에 속상했던 일을 말씀드렸다. 그리고 부모님 말씀도 들어보았다. 부모님도 내가 게임 할 때는 들어오고 싶지 않다고 말씀하셨다. 그래서 오랫동안 대화를 하다 방법을 찾아냈다.

첫 번째, 게임을 할 때는 부모님께 말씀드리기
두 번째, 평일에는 2시간, 주말에는 3~4시간만 하기
세 번째, 시간이 남았어도 밤 11시 30분 이후까지는 하지 않기

이 세 가지 규칙이 나와 부모님이 서로 다투지 않는 최고의 방법이라 생각했다.

그날 이후 나는 방해 없이 친구들과 게임할 수 있어서 좋고, 부모님은 내가 게임을 많이 하지 않고 짜증 내는 걸 줄여서 좋다. 서로 둘 다 좋을 수 있는 방법을 찾아서 다투지 않고, 부모님과의 사이가 조금 더 좋아진 것 같아서 기분도 좋다. 규칙을 잘 만들었다고 생각했다.

핸드폰 없는 일주일의 계획

사람들은 하루에 핸드폰을 얼마나 사용할까? 적으면 한 시간? 많으면 네 시간? 사람마다 다르겠지만 대다수의 사람들이 많은 시간 핸드폰을 사용할 것이다. 이런 시대에서 갑자기 핸드폰이 사라진다면 어떨까? 핸드폰이 일주일 동안 사라진다면 유튜브, 인스타, 카카오톡, 웹툰 등 인터넷으로부터 멀어지고 자유로워진다는 장점도 있을 것이고 핸드폰 문자, 핸드폰으로 하는 숙제 같은 걸 못하게 되는 단점도 있을 것이다.

이런 장점과 단점이 있는 상황에 내가 직접 일주일 동안 핸드폰을 안 했을 때의 느낌을 생각해서 적어보았다.

일단 1일차 월요일에는 책을 읽을 것 같다. 학교와 학원을 다녀온 후 밥 먹고 방에 들어와 만화책이나 소설책을 많이 읽을 것 같다. 되게 지루하다고 생각할 수 있지만, 생각보다 만화책이나 소설책 한 권을 보다 보면 시간이 굉장히 빨리 간다.

2일차 화요일에는 만들기를 해보고 싶다. 만들기 종류가 많아서 쉬운 것부터 어려운 것까지 만들기를 시도하다 보면 창의력도 증가하고 손재주도 늘고 끈기도 늘어나게 된다.

3일차 수요일, 수요일에는 시간이 많아서 운동을 할 것 같다. 산책도 하고 달리기도 하고 다양하고 재미있는 운동을 할 것 같다.

4일차 목요일에는 생각보다 엄청 바쁘기 때문에 뭘 할 시간이 별로 없지만 시간이 있다면 휴식을 하고 싶다. 여기서 내가 말하는 휴식은 진짜 아무것도 안 하고 쉰다는 뜻이다.

5일차 금요일에는 친구들과 토요일, 일요일에 만날 약속을 잡고 내일이 주말이기 때문에 친구들과 저녁도 같이 먹고 오래 놀다가 집에 들어갈 것 같다.

6, 7일차는 주말이기 때문에 밖에서 하루 종일 놀다 집에 들어가서 씻고 또 책 읽다 잘 것 같다.

지금까지 일주일 동안 핸드폰을 하지 않았을 때를 생각하며 글을 써봤다. 장점으로는 핸드폰에서 벗어나서 도전을 많이 할 수 있고, 단점으로는 핸드폰을 하지 않으니까 중요한 연락을 못 봐서 조금 불편하다.

끝없는 연습이 빛나기를

    국가대표 선수들이 훈련하는 내용의 영상을 보고 모두가 올림픽에서 좋은 성적을 내기 위해 열심히 노력한다는 걸 보게 되었다. 나도 작년에 피구대회를 나갔는데 3개월 동안 하루에 4~5시간씩 연습하여 전에 우승한 전력이 있던 초등학교를 이겼다.

    그때 진짜 열심히 하고 죽을 듯이 했다고 생각했는데, 레슬링 선수를 보고 그 생각이 사라졌다. 진짜 죽을 듯이 연습하는 건 레슬링 선수처럼 연습한 거 아닐까? 나도 레슬링 선수분들처럼 열심히 연습하며 노력하는 모습과 하키 선수분처럼 부상에도 열심히 노력하는 끈기를 본받아야겠다.

    대회 2개월 전에 내가 다쳤을 때 연습 안 하고 구경만 했던 적이 있는데 그때의 내가 부끄럽다. 국가대표만큼 열심히 연습했다면 우승도 가능하지 않았을까? 국가대표를 보고 딱 그 생각이 들었다. 시간이 촉박해서 연습을 많이 하지 못했다는 아쉬움이 남았지만 이 계기로 피구대회 연습을 하던 나의 모습을 다시 돌아본 것 같다.

글을 배운 시간

글쓰기가 무엇인지, 글을 쓰는 방법이 무엇인지, 글을 쓰면 나에게 무슨 도움이 되는지를 이번 주제월을 통해 알게 되었다. 글쓰기는 내가 예전에 했던 일을 기억할 수 있게 도와주었다. 내가 예전에 나갔던 대회, 같이 연습했던 친구들 등등 많은 생각을 하게 해주었다. 글을 쓰게 된 이유가 선생님 덕분이긴 하지만 그래도 글을 조금 쓸 수 있게 되어 좋다.

글을 많이 쓰진 않았지만 그래도 4번 정도 써 보니 글을 좀 이해하게 됐다. 〈매체로 보는 세상〉이 나에게 좋은 경험이 되었다는 생각이 든다. 조금 아쉽긴 하지만 그래도 글을 쓰는 방법을 아니까 선생님께 편지를 써 드릴 수도 있고, 평생 못 보는 것도 아니니까 이 수업 끝나더라도 가끔 글을 써야겠다.

〈매체로 보는 세상〉을 통해 알게 된 건 많지만, 그중에서 제일 좋은 건 추억을 생각나게 해준 글쓰기가 가장 좋았던 것 같다.

소감

14년 동안 글을 진지하게 써 본 적이 없다. 물론 써 봤자 일기 정도? 이런 내가 주제 선택 월요일에서 글을 쓴다? 솔직하게 좀 두려웠고 자신감도 없었다. 그런데 계속 쓰다 보니 자신감도 생기고 생각보다 글이 쓸 만해졌다. 여러 번 글을 써 보고 고치는 것도 귀찮기보다는 재밌었다. 글쓰기 덕분에 내 추억을 돌아볼 수 있어서 좋았다.

글로 자라는 시간

　자유 학기 주제 선택 수업을 설계하면서, 글쓰기를 통해 학생들이 자신의 내면을 들여다보고 자신의 이야기를 털어놓고 타인과 세상과 소통하는 시간을 경험하며 조금씩 성장해 가는 것을 스스로 느끼는 수업이 되기를 바랐습니다.

　7주라는 짧은 시간 동안 아이들과 함께 글쓰기 수업을 진행하던 기억을 돌아봅니다.

　자유학기 주제선택 첫 시간, 7주 동안 글쓰기를 할 거라는 공표에, 학생들은 "매주 글을 쓴다고요?", "아아, 주제월('주제선택 월요일 수업'을 학생들은 '주제월'이라고 불렀습니다.) 잘 못 선택했다."라며 웅성댔습니다.

그렇게 '글쓰기'를 낯설고 불편해하던 아이들이, 시간이 지날수록 자신의 이야기를 꺼내기 시작했습니다. 아이들은 주제월 시간이 되면 저마다 글쓰기에 대해 끊임없이 고민하고 또 고민하고 있었습니다. 첫 주만 해도 글쓰기를 어떻게 해야 하는지 몰랐던 학생들이 한 주 한 주 지날 때마다 사고의 깊이가 깊어지고, 생각의 근거를 쓰고, 자기의 경험을 끌어내고 있었습니다. 마침내 7주 과정이 마무리될 즈음에는 이만큼이나 쓸 줄 알게 되었다며, 글쓰기에 대한 두려움이 사라졌다며 놀라워하며 자신의 성장을 기뻐하였습니다.

　학생들은 점차 글을 통해 자신과 마주하고, 자신의 삶을 돌아보며 깊은 생각을 글로 표현해 보며 어느새 학생들의 글쓰기에 대한 막연한 두려움은 열정과 의지로 바뀌게 되었던 것입니다.

　수업 시간이 부족해 밤늦게까지 자신의 글을 완성하기 위해 노력했던 학생들, 두렵게만 느껴졌던 흰 여백을 한 줄 한 줄 채워가며 보람을 느끼는 학생들, 짧은 시간 안에 새로운 주제에 대한 생각을 글로 풀어내기 위해 저마다 고민하며 집중하던 학생들의 모습들. 그리고 자신의 이야기를 담은 글이 '학생 책쓰기 공모전'에 선정되어 출판된다는 소식에 기쁨과 설렘을 감추지 못하던 모습들이 떠오릅니다.

글쓰기에 진심이 되어버린 학생들의 생각과 노력, 그리고 꿈이 모여 '어느새, 이만큼' 성장의 기록이 되었습니다.

앞으로도 글쓰기를 통해 꿈꾸며 성장하는 여정이 학생들에게 펼쳐지길 소망합니다.

권려원